新潮文庫

なきむし姫

重松　清著

目次

第一章　四月になれば彼女は……7
第二章　姫と王子と校庭で……38
第三章　雨の日と月曜日は……74
第四章　オネスティ……114
第五章　風立ちぬ……148
第六章　ホームバウンド～早く家に帰りたい～……178
第七章　ママがサンタにピンタした……207
第八章　バレンタイン・ブルー……237
第九章　春がこっそり……266

なきむし姫

第一章　四月になれば彼女は

1

思わず名前を口にしてしまった。それどころか「ちゃん」まで付けそうになって、哲也《てつや》はあわてて口をつぐんだ。危ないところだった。不意をつかれたせいで、心の準備ができていなかった。

「どうした？」部長が怪訝《けげん》そうに訊《き》いた。「『アヤ』って、奥さんの名前だっけ？」

咳払《せきばら》いして息を整えて、もう一度、サラリーマンとしての常識をわきまえて言い直した。

「すみません……家に帰って、妻に相談しますので……」

「相談？」

部長の顔がこわばった。「相談じゃなくて報告だろう」とつづける声は不機嫌そのものになった。仕事のためには家庭を犠牲にするのもやむなし、の世代である。「それともナニか？　霜田くん、きみは奥さんに反対されたら異動を蹴《け》るつもりなのか？」

「いえ、そういうわけではないんですが……」

「栄転だぞ、大抜擢《ばってき》だ。期待してるんだよ」

「わかってます、それは」

「じゃあ、相談もへったくれもないだろう。ダンナの出世を喜ばない女房がどこにいるんだ」

ここにいるんですが、と言い返したいのをこらえて、哲也はうつむいた。

まずいことになってしまった。まさに、青天の霹靂《へきれき》の人事異動だった。

本社のヒラ営業部員から、関西支社の営業開発部主任へ――。

確かに栄転だ。三十三歳にしてはかなりの抜擢でもある。会社員の立場だけなら、二つ返事で引き受けている。だが、いまの哲也には別の、もっとやっかいな立場もある。

「きみには神戸のプロジェクトを担当してもらう。着工の目処《めど》がついたら関西支社に任せればいいから、向こうでがんばってもらうのは一年ほどだと考えておいてくれ」

要するに、今年の四月から来年の三月まで。

「どうする？」

要するに、家族で神戸へ赴くか、単身赴任か。

「一年だからなあ、奥さんや子どもさんを神戸まで連れて行っても、もちろん社宅は用意するけど、かえって大変なんじゃないか？　もう三月だから、引っ越しだって二週間たらずですませなきゃいけないわけだし」

要するに、さっさと覚悟を決めて単身赴任しろ、ということだった。

実際、他に選択肢はない。長男の文太――ブンちゃんは、この四月に小学校に入学する。長女の千秋――チッキも、地元の『あさひ幼稚園』に毎日元気に通っている。ついでにいえば、築三年目のマンションを、たとえ一年限定とはいえ他人に貸すのは嫌だし、空き部屋にして社宅の家賃を払うほどの家計の余裕もない。

「やっぱり、単身赴任ですかねえ……」

ため息交じりに言った。

「しょぼくれた顔するなよ。長い人生、一年ぐらいあっという間だ。新婚さんってわけでもないんだし、奥さんともたまには離れたほうが、かえって新鮮になるぞ」

部長に「なあ」と肩を叩《たた》かれても、ぎごちない愛想笑いを返すしかなかった。

「奥さんだってアレだ、意外と歓迎してくれるんじゃないのか？　亭主元気で留守がいい、ってな」

ガハハッと笑う部長の胸ぐらをつかんで、言ってやりたい。

ひとごとだと思って勝手なこと言うな――。

「それじゃ、そういうことで、あとは人事部から正式に連絡させるから、しっかり頼むぞ」

立ち去る部長を呼び止めて、怒鳴ってやりたい。

あんた、俺たち夫婦のことわかってないんだ――。

もっと言ってやれ。

俺のカミさんのこと、なにも知らないくせに――。

もっと、もっと。

アヤは泣くんだぞ――。

すぐ泣いちゃうんだ、俺がそばにいないと――。

アヤちゃんを泣かせてまで、出世なんかしたくない――。

部長が「ああ、そうだ」と振り向いた。哲也はあわてて背筋を伸ばし、気をつけの姿勢になった。

「霜田くんの送別会、どこでやればいいかなあ。なにかリクエストあるか？」

「……どこでもけっこうです」

「会議費で落とすから、フグでもカニでもいいぞ。どーんと食って、ばーんと飲んで、で、元気に神戸に行ってくれ」

ありがとうございます、と泣きたい気持ちで笑った。

2

単身赴任の話を伝える数分ほどの間に、電話が二度かかってきて、メールが三件届いた。

「ごめんね、いま校了と次の号の入稿が重なってるから」

たいして申し訳なさそうでもなく言ったみどりさんは、くわえ煙草《たばこ》のまま、哲也のグラスにビールを注《つ》ぎ足した。

「すみません、お忙しいときに」

「あ、いいのいいの、それは。どうせ今夜も朝までだし、せめて晩ごはんぐらい外で食べなきゃやってらんないから」

笑うそばから、またみどりさんの携帯電話は着信ランプを光らせる。雑誌の編集という仕事柄、とにかく忙しいひとだ。「ビールでウォーミングアップしてる暇ないから」と、いきなり芋焼酎《いもじょうちゅう》をロックで飲む、豪快なひとでもある。

「で、テッちゃん、もうアヤには話したの?」

「……いえ」

「って、なにそれ。三日前でしょ、内示もらったの」

あきれ顔で焼酎をグビッと飲む。なーにやってんのよあんた、というまなざしが哲也を射《さ》す。

子どもの頃からずっと、四つ年上のみどりさんには頭が上がらない。アヤのお姉さんだから、という理由だけではなく、なんというか、人間としてのパワーに気おされてしまう。

「まあ、でも、テッちゃんの気持ちもわかるけどね。言えないよねー、あの子には」

「そうなんですよ……」

「泣くね、うん、絶対に泣く。こうやってさ、こう、めそめそめそーって」

うつむいたみどりさんは両手の甲を目元にあて、肩をしょんぼり落として、泣き真《ま》似《ね》をした。いかにも内気な女の子の泣き方だった。性格は正反対でも、さすがに姉妹、真似をする勘どころはちゃんとつかんでいる。

哲也が感心して笑っていたら、みどりさんはパッと泣き真似をやめて顔を上げた。

「だからって、黙って神戸に行けるわけないでしょ」

「……はい」

「引っ越し、いつなの？」

「ぎりぎりまで粘って、あと一週間ぐらいです」

「時間ないじゃん」

「……そうなんです」

「どーすんのよ」

「あの……ですから……アヤに話す前に、バックアップの態勢だけでも整えておこうと思って」

「で、わたしを呼んだ、と。そういうこと？」

黙ってうなずいた。東京に生まれ育ったとはいっても、アヤの両親は父親の定年退職を機に、夫婦の憧《あこが》れだった沖縄に引っ越してしまった。頼れるのは、みどりさんしかいない。

「でもね、テッちゃん、もうアヤも三十三なんだし、子どもも二人いるんだし、独り立ちしなきゃだめなんじゃない？」

「いえ、ふだんは、もうだいぶ……」

「泣かなくなった？」

「週に一度ぐらいですね、最近は」

正確には週に二回——毎週木曜日の夜にテレビドラマの『涙のワルツ』を観《み》ると必ず涙ぐんでしまうのだが、それはカウントせずにおいた。

「だいぶしっかりしてきたんです。がんばってるなと思ってます。でも、いきなりぼくが単身赴任になっちゃうと、さすがに、やっぱり……」

「甘やかさなくていいの」

ぴしゃりと言われた。

「あんたがそうやって優しくしてやるから、あの子、いつまでたってもなきむしのままなのよ。アヤも自立しなきゃダメなの、わたしみたいに気合い入れて生きていかなきゃ」

焼鳥を頬張って、焼酎で一気に喉《のど》に流し込むみどりさんは、確かに気合いを入れて生きている。

年収一千万円超の独身。電話一本で駆けつけるボーイフレンド多数。住まいは都心のデザイナーズマンションで、仕事とプライベート合わせて年に三度は海外へ出かけ、ストレスが溜《た》まるとプジョーを駆って夜の高速道路をひた走る。「負け犬でも噛《か》むと痛いよ」が最近お気に入りの口癖で、実際、電話口で仕事の関係者にクレームをつけるときの剣幕は、はたで聞いているほうが震えあがるほどで……。

「とにかく、ほんとに、アヤのこと、よろしくお願いします」

哲也は頭を深々と下げた。

みどりさんもさすがに、それ以上はキツいことを言わなかった。

「テッちゃん、あんたにも苦労かけるね」

「いえ、そんな……」

「子どもの頃からの付き合いだもんね。なきむしだったアヤを、かばってくれて、励ましてくれて……。お父さんとお母さんのぶんも、わたしが代表して、お礼を言ってあげるよ。うん、あんたたちには、ずーっと感謝してる」

複数形になっていた。無意識のうちにそうしてしまった。あまりにも自然だったので、当のみどりさんもそれに気づかず、さ、さ、飲んで飲んで、と哲也のグラスにビールを注いだ。

一杯目のビールで早くも顔を赤くしていた哲也もまた、その一言を軽く聞き流してしまった。それが期せずして「予言」になっていたことなど知るよしもなかった。

＊

みどりさんの応援はとりつけた。だが、まだ足りない。サポーターは多ければ多いほどいい。

翌日も、次の日も、さらにまた次の日も、哲也は走り回った。仕事の引き継ぎよりもずっと熱を入れ、頭を何度も下げて、留守宅のことを託した。

肝心のアヤには、まだ、言えない。

ぎりぎりまで黙っているつもりだった。早い時期に伝えてしまうと、涙どころか、「わたしも一緒に行く！　神戸に絶対に行く！」と言いだしかねない。ブンちゃんの小学校やチッキの幼稚園のことなどおかまいなしに、勝手に引っ越し業者に連絡して、ご近所にしばしお別れの挨拶《あいさつ》をして……そういうところの行動力だけはあるから、よけいやっかいなのだ。

なにくわぬ顔で「ただいま」と家に帰り、なにも知らないアヤに「お帰りなさーい」と笑顔で迎えられる。

嘘《うそ》をついている後ろめたさと、「いや、これでいいんだ、こうするしかないんだ」という信念とが、哲也の胸の奥でぶつかり合って、つい口数が少なくなってしまう。

「ねえ、あけぼの公園の桜、下見に行ってきたの。けっこういい感じでつぼみがふくらんでたから、四月になったらすぐお花見できると思うよ。三日か十日の日曜日、休めるよね？」

そんなことをアヤが言うものだから、哲也の居たたまれなさは、つのる一方なのだった。

3

幼稚園の頃からずっと、アヤを守ってきた。守らずにはいられない。放っておくことが、どうしてもできない。

トイレの順番をすぐに抜かされてしまう。おゆうぎのタンバリンも、ぐずぐずしているから、壊れたやつしか残っていない。おとなしくて、要領が悪い。そして、なによりも、なきむし。

「言ってみれば、ママはパパのヒーロー魂をくすぐるタイプだったんだよ。オレが助けてやんなきゃだめなんだ、って思わせちゃう女の子だったわけだ。わかるか？　わかるだろ、ブンにも」

ブンちゃんと一緒にお風呂《ふろ》に入って、言った。

「なんとなく……ってゆーか、よくわかんないけど」と首をひねるブンちゃんに、しっかりしろよ、おまえお兄ちゃんなんだから、と肩からお湯をかけてやった。

「だからな、ブンにもママを助けてやってほしいんだ。四月からは小学校なんだし、いつまでも『ママ、ママ』って甘えてるんじゃなくて、男らしく、ビシッとして、ママが困ってるときにはおまえが守るんだ、いいな」

「ええーっ、だって、ぼく、よくわかんないし……」

「わかんなくても守ればいいんだ」

「って、わけわかんないよ、パパ」

強い男に育ってほしくて、菅原文太から名前を拝借して名付けた息子だ。しかし、いまのところ、完全に名前負け。なきむしで引っ込み思案なところを、ものの見事にアヤから受け継いでしまった。

「ブンだってヒーローになりたいだろ？　仮面ライダーなんとかとか、ウルトラマンなんとかとか、好きだろ？　正義の味方ってカッコいいと思うだろ？　なれるよ、なれるんだよ、いまから。ならなくちゃダメなんだよ」

力んで言って、シャンプーのボトルを手に取ると、ブンちゃんは「今日、髪洗うの？」とおびえた顔になった。

「シャンプーぐらいでビクビクするな」

「だって……」

　小学校入学を控えて、このまえからシャンプーハットを使うのをやめた。それ以来、泡が目に染《し》みるだのお湯が耳に入るだのと文句ばかり言って、ちっともシャンプーをさせてくれないんだとアヤがこぼしていた。

「ほんと、しっかりしろよ。目指せヒーローだ、正義の味方だ、わかるだろ？」

「……ぼくよりチッキのほうが向いてるよ、ヒーローって」

四歳の妹に正義の味方の座を譲るのか、わが息子は――。

　思わず、肩から力が抜けてしまった。

　確かにブンちゃんの言うとおり、正義の味方の資質は、チッキのほうがずっとありそうだ。気が強い。運動神経も優れている。乱暴でがさつなところはあるものの、気前のいい親分肌で、年長組の子どもたちからも頼りにされている。血筋から言うと、みどりさん似なのだろう。

「でもな、ブン、ヒーローは男の子の役目なんだ。女の子はヒロイン、で、ヒロインってのは、かわいくて、ちょっと弱くて、だから男の子が守ってやらなきゃいけなくて……」

「あ、そーゆーのって男女サベツってゆーんだよ、ぼくニュースでみたもん。いまはね、男女きょーどーさんかくしゃかい、なんだよ」

勉強はできるのだ、この子は。

去年の秋はお受験も真剣に考えた。試しに受けた模擬試験でも、かなり期待できそうな結果が出た。それでも受験をしなかったのは、アヤが「私立のお母さんたちのお付き合いって怖いんでしょ？　わたし、やっていく自信ないよ、そんなの」と半べそをかいて訴えたから、だった。

「それにさー、ママはだいじょうぶじゃん、パパがいるから」

グッ、と言葉に詰まった。

「なんか、いまのって、パパ、ゆいごん言ってるみたいだよ」

ググッ、と息も詰まった。

「わかったわかった、もういいから、髪濡《ぬ》らすぞ、耳ふさいどけよ」

シャワーのお湯をブンちゃんに向けたとき、浴室の外からアヤの声が聞こえた。

「パパ、チッキも一緒に入りたいって言ってるから、よろしくねえ」

返事をする間もなく、すっぽんぽんになったチッキが勢いよくドアを開け、ダッシュで駆け込んできて、そのまま浴槽にダイブ――。

水しぶきを、まともに顔に浴びた。「うわわっ」とあせって体をよじると、シャワーのお湯が自分に向いてしまい、再び顔面をしぶきが直撃した。

激しく咳《せ》き込む哲也を見て、チッキは「やったーっ」とうれしそうに歓声をあげた。

一方、シャンプーのプレッシャーに押しつぶされそうなブンちゃんは、チッキの奇襲やパパのピンチなどおかまいなしに、目をきつく閉じて、耳を両手でふさいだまま、椅子《いす》に座って身を縮める。

「どうしたの？　いま、すごい音したけど……」

チッキが開けっ放しにしたドアから、アヤが顔を覗《のぞ》かせた。

「だいじょうぶ、平気だから、平気」

タオルで顔を拭《ふ》きながら応《こた》えると、チッキが「パパ、ちんこ丸見えーっ」と笑った。

「だいじょうぶなの？　あなた、ほんとに」

湯気のもや越しに見るアヤの心配そうな顔に、出会ったばかりの幼稚園時代の面影が宿る。そして、あわてて下半身をタオルで隠す自分に、あの頃の自分が重なり合う。

腕っぷしは弱いくせに、ヒーロー魂だけは旺盛《おうせい》だった。男の子はヒーローにならなければいけない。正義の味方を目指さなければいけない。か弱く美しいお姫さまを守り抜くことこそが、男の生きる道だ……。

あの頃の哲也は、泣いてばかりいるアヤにこっそりあだ名を付けていた。

なきむし姫――。

姫を守る。すぐにめそめそと涙を流す姫に笑顔を取り戻させるためなら、どんな強い敵とだって戦い抜いてやる。その誓いは三十三歳のいまも変わらず持っていても、「人事異動」という敵には、やはり、勝てない。

アヤが浴室のドアを閉めたあと、やれやれ、とため息交じりにブンちゃんを見た。

姫を守る役目を四月から引き継ぐはずのわが家のヒーローは、あいかわらず目を閉じて耳をふさいだまま、「ねえ、パパ、まだぁ？　するなら早くしてよ、怖いよ、ぼく……」と半べその声で言っていた。

4

本社はもちろん、赴任先の関西支社の部長にもあきれられ、迷惑をかけながら、哲也は引っ越しの日にちを「もうちょっと、あと二、三日」と延ばしつづけた。ヒンシュクを買っているのはわかる。もう三月も終わり間近で、神戸のプロジェクトは始動を待ちわびている。

それでも、いまの状態のまま、アヤを残して単身赴任するわけにはいかない。

「どうなんだ？　アヤさん」

同期入社の内藤朋之《ともゆき》に、会社帰りの電車の中で訊かれた。

哲也は吊革《つりかわ》を持ち直して、ため息交じりに「泣いてるよ」と言った。「なにを言っても、なにをやっても、すぐに泣くんだ……」

大げさに言ったわけではない。一緒に夕食を食べていると「来月からは三人の晩ごはんになっちゃうんだね」と目に涙を浮かべ、テレビのドラマを観ながら「一人で観てもつまんないだろうなあ、こういうドラマって」と涙ぐみ、朝になると「テッちゃんが病気になる夢を見ちゃった……」と赤い目をしてベッドから出てくる。そんな繰り返しだ。

異動の話を告げたときも、ほんとうに大変だった。

「四月から来年の三月まで神戸だから、単身赴任するよ」と、さんざん迷ったすえに、なるべく軽く、世間話のつづきのような口調で伝えたのだ。

だが、アヤの反応は、ほとんどサスペンスドラマ——ピアノの不協和音が鳴り響く、あのテの場面と同じだった。呆然《ぼうぜん》として立ちつくし、手に持っていた洗濯物が足元にバサッと落ちて、顔面蒼白《そうはく》になって、唇がわなわなと震えだして、やっぱり泣きだしてしまった。

かえって子どもたちのほうがケロッとして、「じゃあ夏休み、神戸に遊びに行っていい？」と笑っていた。「ママを頼むぞ」と言うと、ブンちゃんは「うん、わかった」と緊張気味にうなずいた。引っ込み思案で甘えん坊なブンちゃんの「わかった」はどうにも頼りなかったが、ヤンチャでおてんばなチッキの「オッケー！」にも一抹の不安は残る。そもそも、六歳の息子と四歳の娘に「ママを頼むぞ」と言わなければならないことじたい、とてつもなくヤバいことではないか……。

「せめて笑って俺を見送ってくれるようにならないと、ちょっとなあ、このままじゃどうしようもないよ」

つい弱音を吐いてしまうと、朋之は「まあ、霜田の気持ちもわかんないわけじゃないけどさ」と苦笑交じりにうなずき、「でも」と表情を引き締めてつづけた。

「仕事のこと考えると、さすがにもう限界だろう」

「……うん」

「引っ越しの荷物はまとめたんだろ？」

「ああ、家財道具は向こうのマンションに揃《そろ》ってるから、着替えだけだよ。いつでも発送できる」

「じゃあ、明日あさってが勝負だな」

哲也もそう思っていた。

明日からの週末でなんとかアヤを前向きな気持ちにさせて、週明け早々に神戸へ向かいたい。いや、向かわなければならない。いや、断固として、なにがあっても向かうのだ。

「で、なにか作戦立ててるのか？」と朋之が訊いた。

哲也は黙って、ため息を呑《の》み込んだ。

電車の窓ガラスに、あきれ顔の朋之とうつむきかげんの哲也が映り込む。渋谷を出て二十分、このあたりから線路は高架になり、街の明かりの間隔が広がってくる。

「なあ、霜田。もしアレなら、明日かあさって、子どもたち預かろうか？　夫婦でじっくり話したほうがいいだろ」

「話し合いはしてるんだけどなあ」

「だから、夜だとだめなんだよ。夜って、どうしても発想が内向きとか後ろ向きになるだろ」

「……だよな」

「昼間に話してみろよ、アヤさんと二人で」

ありがたい話だった。

同期入社の朋之とは、新入社員の頃からウマが合った。同じ時期に同じ旭ヶ丘《あさひがおか》ニュータウンに、しかも隣り合ったマンションを買ったのも、「こいつとなら仕事抜きで一生付き合える」とお互いに思ったからだった。

「ブンちゃんやチッキも、ウチだったら遊び相手もいるし、なんなら外に遊びに連れて行ってやってもいいし」

朋之の一人息子の和彦《かずひこ》くんはブンちゃんと同い年で、四月から、同じあさひ小学校に入学する。

哲也が「すまん」と頭を下げると、朋之は照れくさそうに「そんなの気にするなよ」と笑った。

電車は多摩川の鉄橋を渡る。夜の闇《やみ》がしだいに深くなる。沿線を「都会」と「郊外」と「田舎」で色分けするなら、梨《なし》農園が点在するこのあたりが「郊外」と「田舎」の境目になるだろう。

ドア・トゥ・ドアで会社まで一時間十五分。ふだんは「遠いよなあ」「長いよなあ」とぼやきどおしの通勤コースも、来月からしばらくごぶさただと思うと、見慣れた駅の看板やガソリンスタンドの明かりが急にいとおしく感じられる。

「それでな」と朋之は話をつづけた。

「ウチのカミさんも心配してるんだよ。『わたしがアヤさんを励ましてあげようか？』なんて言ってるんだ、最近」

その言葉を聞いた瞬間、哲也の頬はこわばってしまった。うげっ、と喉の奥が鳴りそうにもなった。

「そうか……」

平静を装《よそお》って応えたつもりだったが、朋之はすべてを察したように、「そうなんだよ」と少し困った顔で、そして憮然《ぶぜん》とした様子でうなずいた。「だから、やっぱり早くケリをつけたほうがいいだろ？」

朋之の奥さん——留美子さんは、性格がキツい。よく言えば前向きな上昇志向の持ち主で、身も蓋《ふた》もなく言うなら、譲ることを知らない負けず嫌い。哲也やアヤに対してもライバル意識をむき出しにして、なにかにつけて張り合ってくるので、付き合うのにひどく疲れる。

朋之も、それを知っている。というより、三つ年上の留美子さんに他の誰よりも気疲れして、辟易《へきえき》としているのは、最もそばにいる朋之自身なのだった。

「とにかく、アヤさんと段取りつけて、予定が決まったら明日の朝にでも電話してくれよ」

「……悪いな、ほんと」

「気にするなって」

優しい男なのだ。いいヤツなのだ。仕事もできるし、上司や同僚との人間関係もきわめて良好。ファッションや小物の趣味もいいし、本や映画や音楽にも詳しい。それでいて得意先の接待では率先してバカもできる。まさに営業マンの鑑《かがみ》のような朋之が、妻にだけは恵まれなかった。

「会社の人事ってのは皮肉だよな。単身赴任、俺が代わりに神戸に行きたいぐらいなのにな」

つまらなそうに笑う朋之に、哲也はなにも言えず、ぼんやりと窓の外に目をやった。

渋谷から四十分。十年ほど前までは、このあたりは都心への通勤圏というより、休日のハイキングコースとして紹介されることのほうが多かった。その頃は夜になるとタヌキが出没して、しょっちゅう車に轢《ひ》かれていたのだという。

だが、高架になった線路がトンネルを抜けると、風景は一変する。街の明かりがひさしぶりに窓いっぱいに広がり、街道を行き交う車の数も増えてくる。旭ヶ丘ニュータウン——開発以来十年で人口が八万人に達した、まだ若い街だ。住民の世代も二十代から三十代が中心で、だから、哲也や朋之たちは、マーケティングふうに言うなら「コア」の住民になる。

街の中心の旭ヶ丘駅が近づいて、観覧車が見えてきた。駅前のショッピングセンターに設置された、旭ヶ丘のランドマークだ。週末の夜にはライトアップされて、それを目当てに遊びに来るドライブ客も数多い。全国のニュータウンの中でも観覧車のある街は唯一《ゆいいつ》だという。

この街でマンションを買った決め手も、観覧車だった。下見に来たアヤが「これ、いい！　最高！」といっぺんで気に入ったのだ。

通勤時間と予算との兼ね合いで旭ヶ丘を選んだ朋之には、あとでさんざんあきれられた。実際、二十五年ローンを組んだ買い物とは思えないほどのガキっぽさだ、と哲也も思う。だが、とにかくアヤはそういう性格で、そういう性格のアヤを哲也は子どもの頃からずっと大切にしていて、なきむしのアヤを一生守ってやるんだと誓ってい て……。

「観覧車の中で話してみようかな」

哲也はぽつりと言った。

どうせなら神戸まで見渡せれば、「ほら、あんなに近いんだから、だいじょうぶだよ」なんて言ってやれるのに。

ふと思い、オレのほうがずっとガキっぽいか、とため息交じりに苦笑した。

＊

日曜日の昼前、ブンちゃんとチッキはオヤツやオモチャをたっぷり持って朋之の家に遊びに行った。

「行ってきまーす！」とお兄ちゃんの手を引いてずんずん歩くチッキには、「いいか、チッキ、和彦くんとケンカなんかするんじゃないぞ」と釘《くぎ》を刺しておいた。

おとなしいブンちゃんにはケンカの心配はなかったが、代わりにアヤが「ねえ、ブン、いい？　『いただきます』とか『ごちそうさま』とか『ありがとう』って、ちゃんと大きな声で言わなきゃだめよ」と念を押した。挨拶がきちんとできないと、てきめん留美子さんに「しつけがなってない」と陰口をたたかれてしまうのだ。

オモチャは知育玩具《がんぐ》で、オヤツは無添加のものを、昨日わざわざ自然食品ショップまで出かけて買っておいた。これも、幼児教育に熱心な留美子さん対策——和彦くんが去年の秋に私立小学校の受験に落ちてしまった話は、留美子さんの前では絶対のタブーになっている。

「だいじょうぶかなあ……」

心配顔で子どもたちを見送ったアヤは、「なにかあったら、テッちゃんが留美子さんの相手してよ、ね？」と言った。

「だからさ、そこで俺が出てきちゃだめなんだよ。わかるだろ？」

「だって……留美子さんって言い方キツいから」

「はいはいって適当に聞き流せばいいんだよ」

「あなたは仕事でそういうの慣れてるかもしれないけど、適当になんてできないわよ、わたしは」

早くも半べその顔になってしまったアヤを「だったら早く帰ってきて、早く迎えに行けばいいんだからさ」とせかして、家を出た。

今日は朝から快晴——絶好の観覧車日和《びより》だった。

マンションから駅前のショッピングセンターまでは、なだらかな坂を上っていく形になる。のんびり歩いても七、八分の道のりだったが、落ち込んだアヤと一緒だと、ふだん以上に時間がかかってしまった。

途中の桜並木を見て「来週ぐらいには咲きそうだなあ」と哲也が言うと、「今年はお花見できないね……」とうつむいてしまい、自転車に乗った小学生の男の子とすれ違うと、「ブンの入学式、わたし一人かあ」とつぶやく。

コンビニの前を通りかかったら「お弁当ばっかりだと体によくないよね」とため息をつき、携帯電話ショップの看板を見ながら「メールもらっても、やっぱり神戸は遠いよね」と首を横に振って、しまいには銀行のキャッシュコーナーの前を通り過ぎたあとで「生活費もけっこうかかっちゃうのよねえ、所帯が二つになると……」と立ち止まってしまう。

さすがに哲也もげんなりした。

「なあ、もっと前向きに考えないか？　単身赴任っていっても、たった一年なんだ。この一年間は、なんていうか、自分を鍛えるっていうか、もっと強くなるための修業なんだよ」

「……鍛えなきゃいけない？」

「いけないっ」

「……強くならなきゃいけない？」

「いけないっ」

ライオンが我が子を谷底に落とす気分で、きっぱりと言った。目が潤《うる》みはじめたアヤに「ほら、行くぞ」とそっけなく声をかけて、さっさと歩きだした。

坂を上りきると、駅前広場に出る。観覧車の乗り場は七階建てのショッピングセンターの五階――円周の四分の三が外に出て、ちょうどアイスレモンティーのレモンがグラスに飾られたような格好だ。

とぼとぼとした足取りであとをついてきたアヤは、観覧車を見上げて、やっと少し元気を取り戻した顔になった。

「ねえ、二周してもいい？」

「はあ？」

「チケット二回分買って、二周つづけて乗るの」

「……いいけど？」

直径四十五メートル、最高地点が地上七十五メートルに達する観覧車は、一周十二分。つづけて二周ということは、三十分近く乗りどおしになる計算だった。

しかも、アヤはチケット売り場まで来たら、「ごめん、やっぱり三周にしてもいい？」と言い出した。

「つづけて乗るのか?」

「うん」

「一回も降りずに?」

「そう。つづけて乗ってないとだめなの」

涙の名残でうっすらと赤くなった目で、まっすぐに哲也を見つめる。いままでの途方に暮れたまなざしではなかった。自分からなにかを訴えかけるような、意志を持った目と表情で、「念のために四周分買っていい?」と言う。

十二分かける四周、イコール四十八分。一周八百円で、三千二百円。常識はずれの乗り方だったが、とにかくアヤが望むのなら、応えてやるしかない。

「わかった」と哲也がうなずくと、アヤは「じゃあ、チケット買ってくるから、早く乗ろうよ。早くしないと、間に合わないから」と言った。

間に合わない——?

さっぱり要領を得ないまま、四周分のチケットを買った。

*

「間に合わない」という言葉の意味は、カゴが小さく揺れながら上昇を始めると、すぐにわかった。つづけて乗らなければだめだという意味も、二周が三周になり、最後は四周になった意味も。

アヤはいきなり泣きだした。

「やだぁ、単身赴任なんて、わたし、絶対にやだぁ！　もう、そんなの、絶対にやだぁ！」

シートに突っ伏して、わんわん泣いた。

「仕事仕事ってさあ、なによそれ、家族が一緒に暮らせないような仕事なんて、おかしいじゃない！　絶対におかしい！」

手に持ったトートバッグを振り回しながら、金切り声を張り上げた。

「あんな会社、だーい嫌いっ！　つぶれちゃえっ！」

カゴが揺れるほど勢いよく足を踏み鳴らした。

「泥棒が入ったらどうするのよ！　火事だって怖いよ！　ブンとチッキ、わたし一人じゃ面倒見る自信ないわよ！」

気おされた哲也は、うんうん、わかるわかる、とひたすらうなずくしかなかった。

「テッちゃん、寂しくないの？　寂しいでしょ、一人で神戸に行っちゃうなんて。わたしだって寂しい！　もう、死ぬほど寂しい！」

一周目は、ほとんど絶叫と号泣で終わった。

二周目になると、さすがに最初のような勢いはなくなったが、そのぶん腰を据えた泣き方になった。土砂降りの夕立が、梅雨の雨に変わったようなものだ。

三周目でやっと、嗚咽《おえつ》交じりの声に前向きな言葉が交じりはじめた。

「テッちゃん……毎日メールしてよ、あと電話も絶対だよ、わたしモーニングコールするから、テッちゃんが寝坊して遅刻しないように、毎朝、電話するからね……」

今度は逆に、哲也のほうが胸を熱くして何度も瞬《まばた》いた。

「野菜と、あとサプリメント、ビタミンとか、ちゃんと毎日服《の》んでよ。テッちゃん病気になっても、神戸まで看病に行けないんだよ、わたし……」

向かい合って座っていたのを、哲也のほうから席を移って、隣に座った。四周目に入ったところで、アヤの肩を抱いた。最後の一周は、ハンカチで目元をぬぐい、ティッシュで洟《はな》をかんで、涙の後始末のための時間になった。

カゴは円周のてっぺんに達した。山並みの向こうに顔を出している富士山から手前にまなざしを戻すと、街でいちばん大きなサンライズ公園の桜の木が見えた。まだ満開とはいかなくても、ひと足早く、花が咲いていた。

「来月から、がんばってくれ。俺もがんばるから」

哲也はアヤを抱き寄せて、そっと口づけをした。

四月から、新しい暮らしが始まる。

涙というのは伝染するものなのだろうか。カゴが下がりはじめてから、急に目頭が熱くなり、まぶたが重くなってきた。

ヤバい、と思う間もなく、目から涙があふれた。

「なにやってんの、テッちゃん早く拭いてよ、涙。下に着いちゃうよ……」

あわててハンカチを差し出したアヤは、「でも、もし間に合わなかったら」とつづけ、チケットをバッグから出した。

五周目のチケットだった。

「こうなっちゃうんじゃないかなって、思ってたんだ」

アヤはそう言って、泣き笑いの顔になった。

第二章　姫と王子と校庭で

1

ブンちゃんはプレッシャーに弱い。それも、極端に弱い。

幼稚園時代は、なわとびの順番が回ってくるだけで足がすくみ、輪に跳び込むタイミングがどうしてもつかめずに、最後は決まってその場にしゃがみ込んで泣きだしていた。

「わかるよ、それ、俺もガキの頃は似たようなところあったもん」――哲也はいつもブンちゃんをかばう。

「失敗しちゃいけないっていう重圧を感じちゃうんだ」

ブンちゃんの肩を抱いて、「な？　そうだよな？」と笑い、「裏返して考えれば、責任感が強いってことなんだよ」と前向きに解釈する。

だが、ブンちゃんの場合は、その程度ではおさまらない。

成功も失敗も、責任も無責任もなく、とにかく胸がドキドキするだけで、アウトだ。

幼稚園のクリスマス会では、自分の出番は言うまでもなく、仲良しの友だちが一人で台詞《せりふ》をしゃべる場面が来ると、もうそれだけで、舞台袖《そで》で泣きだしてしまう。

「優しいヤツじゃないか、りっぱだよ。友だちのために泣けるなんて、いまどき珍しいぞ」――哲也はとにかく前向きな性格なのだ。

ファミリーレストランのメニューを広げて「さあ、なんでも好きなのを選びなさい」と言われると、うーん、うーん、うーん、と悩みに悩んだすえ、半べその顔で「なんでもいい」とメニューを閉じてしまう。

「……ちょっと優柔不断なところ、あるかもなあ」

だいたい、このあたりで哲也のフォローも苦しくなってきてしまう。

半年前、幼稚園の年長組さん全員で出かけたキャンプも、そうだった。二週間前までは、楽しみで楽しみでしかたないのだ。カレンダーの日付を指でかぞえて、あと何日、あと何日……と、待ち遠しそうに言っているのだ。ところが、一週間前あたりから、それがプレッシャーに変わってしまう。楽しいキャンプが待っている、どんなに楽しいだろう、きっと楽しいぞ、絶対に面白いぞ……ワクワク、ドキドキ……のプレッシャーに押しつぶされてしまうのだ。しだいに無口になり、食欲が失《う》せて、元気もなくなって、やがてドキドキの種類が変わってしまう。三日前あたりには「ねえ、ママ、ヘビが出たらどうしよう」とか「バスに酔ったりしない？　だいじょうぶ？」とか、「ケガしちゃっても山の中だから救急車来ないよね」とか「山の中で迷子になったらどうすればいいと思う？」とか……発想はどんどんネガティブになっていく。そして、最後の最後、出発の前夜には熱を出して寝込んでしまうのだ。

　ここまで来れば、さすがに哲也も「やっぱり、損な性格だよなあ」と認めるしかない。

「苦労しちゃうよね、ブン……」

　前途多難なブンちゃんの人生を想像するだけで、アヤの目には涙が浮かんでしまう。

「いや、でもさ、こういうのって大きくなるにつれてよくなるっていうだろ。俺だって幼稚園の頃とか、おばけが怖くてしょうがなかったし」

「小学校の頃も、夜中は一人でトイレに行けなかったんだよね、テッちゃんは」

「だいじょうぶだって。アヤだって四年生の社会科見学でマグロの解体見たあと、しばらく魚が食えなかったじゃないか」

こういうところが、幼なじみ夫婦の強みなのか弱みなのか、結局最後は、「わたしとテッちゃんの弱っちいところ、ぜーんぶ受け継いじゃったのよね、あの子」とため息交じりにうなずくしかない。

「チッキの半分でも、ブンにクソ度胸があればなあ」

「だよね……」

「暴走トラックだもんなあ、あいつは」

チッキは気が強い。怖いもの知らずの、行け行けドンドン。幼稚園でも生傷とたんこぶは絶えたことがない。去年は三歳児クラスでありながら、ブンちゃんのいる年長組の子をそっくり子分にして園庭を引き連れて歩いていた。

おかげで、年中組の頃にはいじめっ子に泣かされどおしだったブンちゃんは、最後の一年だけはチッキの虎《とら》の威を借りて、平穏無事に過ごせたのだが——。

「問題は、来年からだよ」

「そうだよね、来年からはチッキがいないんだから……いじめられても、誰も守ってくれないよね」

「妹に守ってもらう兄貴ってのも情けないけどなあ」

「でも、それが現実なんだから」

去年のうちから二人で心配していた。チッキと別れてひとりぼっちで小学校に通うブンちゃんは、ほんとうにだいじょうぶなのか。いや、それ以前に、「学校に通う」「小学生になる」というプレッシャーに耐えられるのか。

入学式の前日、神戸に赴任したばかりの哲也から、メールが届いた。

〈ブンの様子はどうですか？〉

アヤは必要最小限のメッセージだけ、送り返した。

〈熱を出して寝込んでいます〉

＊

いつものパターンだった。

先週までは、パパが神戸に行ってしまった寂しさも忘れて、入学式の日を指折り数えて待っていた。家の中でもランドセルを背負って、暇さえあれば真新しい勉強机に向かって、なにをするでもなく、ただにこにこと微笑《ほほえ》んで、引き出しを開け閉めしたり、天板に突っ伏したりしていた。

それが、三日前から不安に変わってしまった。

「入学式って、名前呼ばれるんだよね？ ぼく、ちゃんと返事できるかなあ」

「先生がぼくの名前だけ呼ぶの忘れたらどうする？」

「途中でおしっこ行きたくなったらどうしよう」

「おなか痛くなったら、もっと困っちゃうよねえ」

「先生が怖いひとだったらどうする？」

「知らない子ばっかりだったら、やだなあ」

そして、やっぱり最後は、「ママ、なんか頭痛いの、さっきから」——熱を測ると、三十八度近かった。

＊

夜八時をまわっても、ブンちゃんの熱は三十七度台の真ん中あたりをうろうろしていた。

ため息をついて携帯電話を手に取ったアヤに、泊まりがけで明日の入学式に付き合うつもりだったみどりさんが「どこに電話するの？」と訊《き》いた。

「留美子さん……明日お休みするからって言っとかないと」

「留美子さんって、アレだっけ、テッちゃんの会社の同期のひとの奥さん？」

「そう。一緒に行こうって約束してたから」

「あそこの子も入学なの？」

「うん、和彦くんっていって、ブンと幼稚園の頃から一緒なんだけど」

それを聞いて、みどりさんは、なーんだ、とあきれ顔になった。リビングに布団《ふとん》を敷いて寝ているブンちゃんを振り向いて、「お友だちいるじゃない、ひとりぼっちじゃないんだから、そんなに心配しなくてもいいのに」と笑う。

頭の下は保冷剤入りの枕《まくら》、おでこには冷却シートを貼《は》った完全装備のブンちゃんは、息苦しそうな声で「ううー」とうめくだけだった。

「で、その和彦くんって子、頼りになりそうなの？」

「そういうタイプじゃないの。もっとおとなしいっていうか、まじめなんだけど、ブンを守ってくれるような感じじゃなくて……」

「クールなの？」

「うん、まあ……そういうふうにも、言える」

「優しくない、とか」

「そんな感じも……ある、かな。意地悪なわけじゃないんだけど、友だちのことを気にしてあげる余裕がないっていうか、自分のことで一杯いっぱい、っていうか……」

そこに、横からチッキが言う。

「かずひこって、あいつ、サイテー。チッキがパンチとかキックとかするとねー、すぐにせんせいにいいつけちゃうんだよ、おとこのくせに。ちんこ、ちっちゃいんだよね、どうせ」

アヤはあわてて「そんなこと言わないの」とたしなめたが、みどりさんは、うんうん、いいぞ、と満足そうにうなずいた。

「あいかわらずエンジン全開だねー、チッキ」

「エンジンってなーに？　みどりちゃん」

「あ、いーのいーの、面倒だから、わかんなくてＯＫ」

みどりさんは、姪《めい》っ子のチッキがお気に入りだ。「親戚《しんせき》中でわたしにいちばん似てるのって、チッキだもんね」――ときどき真顔で「チッキ、養女にしちゃだめ？」と言うこともある。

「まあ、でも、とりあえず留美子さんに電話しちゃうから」

「ほんとに休ませるの？　入学式なんて一生にいっぺんしかないんだから、がんばって行かせたら、いいじゃん」

アヤだって、それは考えたのだ。

だが、ブンちゃんは熱があるときに無理をさせると、すぐに吐いてしまう。入学式の最中に万が一……と思うと、アヤのほうがプレッシャーに押しつぶされてしまう。

「やっぱり休ませる」

「そうなのお？」

「おねえちゃんにはせっかく来てもらって悪かったけど」

「明日、休みとったのになあ」

「……ほんと、ごめん」

入学式に付き合ってほしいと頼み込んだのは、アヤのほうだった。哲也は仕事の都合がどうしてもつかずに、東京に帰れない。一人で入学式に臨んで、一人で同級生のママたちと顔合わせして、一人でPTAデビューする……それを思っただけで胃がキリキリ痛くなってしまうところが、なんというか、アヤとブンちゃんが紛れもなく親子だという証《あかし》のようなものなのだ。

みどりさんは気を取り直して、チッキを振り向いた。

「じゃあさあ、明日、チッキとドライブに行こうか」

「いーの？」

「うん、幼稚園、休んじゃいなよ」

「やすむーっ」

「遊園地行って、帰りになんか食べて」

「やきにくーっ、タンしお、たべるーっ」

「ブンも、もし具合良くなってたら、ごはんだけでも食べに行かない？」

「……ぼく、ゼリーがいい」

やれやれ、とみどりさんは肩をすくめた。

2

次の日は、朝からよく晴れていた。うっすらと春霞《はるがすみ》がかかっているものの、それがかえって、ソフトフォーカスをかけたみたいに旭ヶ丘ニュータウンの街並みをふだんよりも優しく見せて、まさに入学式日和《びより》だった。

みどりさんはチッキを連れて愛車のプジョーでドライブに出かけ、アヤとブンちゃんは留守番——あさひ小学校で入学式が始まった朝九時にブンちゃんの熱を測ってみると、三十六度二分に下がっていた。

プレッシャーのモトが消えたとたん、けろっと元気になる。ほんとうの、ほんとうに、不器用というか、やっかいな……体なのか、心なのか。

ゆうべも留美子さんに電話で言われた。

「あらら、またお熱が出ちゃったの？　卒園式もだめだったし、せっかくの入学式なのにねえ、お気の毒ねえ。ウチのカズくんなんか、明日に備えて張り切っちゃってね、八時前に寝ちゃったのよ。ほら、カズくん、新入生代表で挨拶《あいさつ》しなくちゃいけないから」

同情と自慢話をいっぺんにできるひとなのだ、留美子さんは。そして、さらに、わざわざ声までひそめて、つづける。

「ねえ、このままだとちょっと心配よねえ、ブンちゃん。カズくんにも言ってあるのよ、ブンちゃんの面倒見てあげなきゃだめよ、って。でも、やっぱり、今後のことを考えると、ちゃんとしたお医者さんに診せたほうがいいんじゃない？」

本人には悪気はない。純粋に親切で言っているつもりだから、よけいタチが悪い。みどりさんが聞いたら、一瞬にして怒りだすだろう。もしかしたら、チッキだって「ぶっとばすぞーっ」と、隣のマンションの留美子さんちまで殴り込みに行くかもしれない。

だが、アヤはなにも言えない。目に浮かんだ涙が声に出ないよう気をつけ、留美子さんのアドバイスが聞こえなかったふりをして、「じゃあ、明日はお休みということで」と電話を切るのがせいいっぱいだった。そういうときにいつも「気にするなって、彼女はああいう性格なんだから」と慰めてくれる哲也も、いまはいない。

「ブン、なんか食べてみる？」

「うん……ちょっとだけ」

「ゼリーにしようか」

「ラーメンでも、だいじょうぶだと思うけど」

なにがちょっとだけよ、と無理に笑うと、また涙が目ににじんできた。

「ねえ、ママ」

「うん？」

「……ごめんね、入学式行けなくて」

そういうことをか細い声で言うものだから、アヤの涙は見る間に目からあふれて、頬を伝い落ちてしまう。

優しい子だ。自分の悔しさや寂しさや情けなさよりも、相手のことをまず心配する、そんな男の子だ。

それでいい。それだけでいい。誰も褒めてくれなくても、ママは褒める。思いっきり褒める。そして、パパもきっと同じだと、信じている。

「ブン」

「……なに？」

「だーい好きっ」

抱きついて、抱きしめて、頬ずりしてやった。

ゆうべの熱の名残で赤く染まったブンちゃんのほっぺに、ママの涙がしみていった。

＊

お昼を回った頃には、ブンちゃんはすっかり元気になって、「あーあ、入学式、行けばよかったなあ」なんてことまで言いだした。

チッキも、思わぬズル休みの一日を満喫しているらしい。みどりさんが携帯電話で教えてくれた。遊園地のフィールドアスレチックにすっかりハマって、年上の男の子も泣きだすような丸太橋をダッシュで何往復もしている。

「いやー、たいしたもんだよ、この子は」と、みどりさんはうれしそうに言っていた。

「元気」が服を着て走り回っているようなチッキを見ていると、仕事のストレスも「お一人さま」の気疲れもいっぺんに吹き飛ぶのだという。

プレッシャーに極度に弱いお兄ちゃんと、おてんばを超えて野生児の範疇《はんちゅう》に入りつつある妹——二人合わせて二で割ればちょうどいいのにとは思うものの、まあ、そこがうまくいかないところが、子どもの面白さなんだろうな。そんなふうに思える程度には、アヤも元気を取り戻した。

だから——。

「ねえ、ブン、いまから学校に行ってみようか」

「だって……入学式、もう終わってるよ」

「いいじゃない、担任の先生にも挨拶したいし、明日からのリハーサルのつもりで行ってみようよ」

「いいけど……」

「せっかく買ったんだから、ブレザーも着て、ランドセルも背負《しょ》って」

「いいの？」

「だいじょうぶ。ママと二人で入学式しよう」

指でＯＫマークをつくって「じゃあ、パジャマ脱いでーっ」と号令をかけると、ブンちゃんは「はーいっ」と右手を挙げて応《こた》えた。

＊

小学校は、がらんとしていた。グラウンドには誰もいないし、朝のうちは校門に掲げられていたはずの入学式の立て看板も、いまはもう撤去されて、遅ればせながらの記念撮影を期待していたアヤをがっかりさせた。

それでも、ブンちゃんはうれしそうに校門をくぐって、背中をすっぽりと覆《おお》い隠すランドセルを揺らしながら、駆け足で学校の中に入っていった。

「ブン、職員室、こっちだよ」

教職員用の昇降口に向かいかけると、ちょうど中からひとが出てくるところだった。

お父さんと、女の子――女の子は、ブンちゃんと同じようによそゆきのワンピースを着て、長い髪を大きなリボンで結んでいた。

「ママ、あの子も入学式、休んじゃったのかなあ」

「かもね……」

体をかがめて靴を履いていたお父さんが、顔を上げた。

目が合った。

その瞬間、アヤは「うそ……」と声をあげた。

最初はきょとんとしていたお父さんも、すぐに「あーっ」とアヤを指さした。

「ひょっとして……ケンちゃん？」

アヤが訊くと、お父さんは逆に、「ひょっとして……アヤちゃん？」と訊いてきた。

二人同時にうなずいた。

3

「信じられないよ」

ケンちゃん——新庄《しんじょう》健は、子どもの頃と変わらないドングリまなこを真ん丸に見開いて言った。

「こっちだって……」

アヤも唖然《あぜん》としたまま、健を見つめる。

小学校を卒業して以来——だから、二十一年ぶりの再会ということになる。

「この子……アヤちゃんの息子さん？」

「そう。で、この子は、ケンちゃんの……？」

「そう、一人娘なんだ」

ほら挨拶しなさい、とうながされた女の子は、リボンで結んだ長い髪をふわっと揺らして、「こんにちは！」と元気いっぱいに言った。「新庄ナヤコです！」

「ナヤコ?」

とっさには漢字が浮かばなかった。ナヤコもその反応には慣れているのだろう、すぐに説明してくれた。漢数字の「七」と「八」に、「子」——七八子。「七転び八起き」から、健が名付けた。『七転八倒』じゃないぞ」と健は真顔で念を押して、七八子も「ナッコって呼んでくださーい」と、にっこり笑う。

一方、ブンちゃんは、こういうにこやかな初対面の挨拶は苦手だ。もじもじして、うつむいて、消え入りそうな声で「あのお……えーと……霜田……文太です……」と言ったきり、ささっとアヤの後ろに隠れてしまう。

「へえーっ、文太くんっていうんだ。じゃあ、ブンちゃんだな」

健は身をかがめ、ブンちゃんと目の高さをそろえて、「おーっす」と笑った。「俺、ケンちゃん。ママの幼なじみなんだ」

アヤは苦笑交じりに言い添える。

「パパともお友だちだったんだよ、このおじさん」

「パパ、って……俺の友だちなの?」

きょとんとした健は、「え?」と「あっ」の中間の形で口を開けて、絶句した。

アヤはクスッと笑って、「テッちゃんのこと、覚えてるよね?」と訊いた。健は口を開けたまま、うんうんうん、とバネ仕掛けの人形のように小刻みにうなずく。

「びっくりすると思うけど、わたしね、テッちゃんと結婚したんだよ」

「ちょ、ちょっと待って、悪い……」

健は手でアヤを制して、目をつぶって深呼吸を何度も繰り返した。子どもの頃と同じだ。授業中にボーッとしていて先生に当てられたら、まずは深呼吸――時間稼ぎをして哲也の助け船を待つのが作戦で、そういうときにアヤは決まって、早く早く、テッちゃん早くケンちゃんを助けてあげてよ、と目に涙を浮かべていたものだった。

やっと動揺をしずめた健に、アヤはあらためて言った。

「わたしとテッちゃん、いま、ブンと、妹の千秋……チッキの、パパとママなの」

そっか、とうなずいた健は、もう一度深呼吸して、しばらく間をおいてから、空に向かって声を張り上げた。

「すげえっ！　面白いよ、サイコーだよ、世の中とか人生って」

わははっ、と笑って、「で、なんでアヤちゃんがここにいるんだ？」と訊く。

「……ケンちゃんは？」

「先週、旭ヶ丘に引っ越してきたんだ。イーストタウンって、わかる？」

「やだ、じゃあ、ウチと同じ地区」

「へえーっ、で、今日は？」

「ウチのブン、一年生で、今日は入学式だったんだけど、体調が悪くて休んだから、先生に挨拶だけでもと思って……」

「すごい偶然だ。ウチのナッコも、ぴっかぴかの一年生だから、今日は入学式」

二十年以上のブランクを忘れてしまうほど、健の口調はなめらかだった。まるで昨日まで毎日会っていた友だちとしゃべっているような調子に、人見知りの激しいブンちゃんも、おずおずと顔をアヤの腰の横から覗《のぞ》かせた。

「おっ、ブンちゃん、ちょっとおじさんになじんできたか？」

そういうことを言うから――ブンちゃんはまた、ひゃっ、と顔を隠してしまう。

「だいじょうぶだいじょうぶ、怖くない怖くない、このおじさん、ガキ大将だけど、いじめっ子じゃないから」

アヤが言うと、健も「ブンちゃんのパパやママがピンチになったときは、いつもおじさんが助けてやってたんだ」と胸を張る。

「……ほんと？」

「ほんとほんと、おじさん、正義の味方なんだ」

ブンちゃんは半信半疑の様子でアヤを見上げた。アヤが苦笑交じりにうなずくと、ホッとして笑う。ジャケットの裾《すそ》はまだ摑《つか》んだままだったが、手の力はさっきより少しゆるんだ。

「上級生三人組をぶっとばしてやったこともあるんだぞ」

健は得意そうに言った。

そんなこともあったなあ、とアヤも思いだした。小学二年生の頃だ。カプセルおもちゃにハマった悪ガキ上級生に哲也とアヤがつかまって、おこづかいをせびり取られそうになったとき、健が通りかかってくれた。事情を察した健は、三人組の背後にそーっと回り込んで、いきなり一人目の背中に跳び蹴《げ》りをお見舞いして、振り向いた二人目の顔に左右のパンチを連打、逆上してつかみかかってくる三人目にはカウンター気味の頭突きを決めたのだ。

「パパは？　パパもおじさんと一緒に戦ったの？」

アヤは思わず言葉に詰まってしまった。「一緒に」のコンビが違う。正しくは、アヤと一緒に助けてもらった――しかし、それをブンちゃんに正直に告げるのは、さすがにためらわれる。

そんなアヤの胸の内を見抜いたのだろうか、健は、俺にまかせろ、と目配せして、代わりに答えてくれた。

「テツの活躍する場面は、俺とは違うんだ」

「違う、って？　どんなふうに？」

「たとえば、そうだな、俺が宿題を忘れたときの大ピンチには、テツにしょっちゅう助けてもらってた」

「……ほかには？」

「授業中、俺はいつもボーッとして、窓の外ばかり見てたんだ。先生にいきなり当てられても、いまどこをやってるか全然わからないんだけど、そういうときに隣から小声で、ここだよ、って教えてくれるのがテツだったんだ」

健としては、哲也に花を持たせたつもりかもしれない。

だが、そういう種類の活躍がカッコよくないことぐらいは、ブンちゃんにも肌でわかるのだろう、「どうだ、ブンちゃんのパパ、すごいだろ？」と健に言われても、相槌《あいづち》はくぐもって、頼りない。これなら最初から、よけいなことは言わないでほしかった。

やれやれ、とアヤはため息を呑《の》み込んだ。気をつかっているようでいて、細かいところの詰めが甘い。子どもの頃からそうだった。よく言えば大らかで、悪く言うなら、大ざっぱ。ついでに、すぐに調子に乗ってしまう。上級生三人組を倒したあのときだって、不意打ちを決めたらすぐに逃げればいいものを、「アヤちゃん、テツ、ここはオレに任せて逃げるんだ！」とテレビのヒーロー番組の台詞みたいなカッコいいことを言って、その場に一人で居残って、三人組の反撃をくらって、あっという間にぶっとばされてしまったのだ。

「幼なじみって、ウチが近所だったんですか？」

ナッコに訊かれて、アヤは「三人とも同じ団地の、同じ棟に住んでたの」と答えた。

「賃貸マンションの地区だったから、小学校を卒業したら最初にケンちゃんのウチが引っ越していって、次にテッちゃんのウチが引っ越しちゃって、それでバラバラになったんだけど……」

引っ越し先の住所を、健は最後まで教えてくれなかった。「向こうに行ったら手紙書くから」と言っていたのに、その約束も破った。

中学に入ってしばらくのうちは、毎日、学校帰りに「今日はどうだろう」と団地の集合ポストを覗いてみるのが習慣になっていたが、やがてそれをうっかり忘れることが増えてきて、少しずつ思い出が遠ざかり、記憶も薄れて、それっきりになってしまった。

「それにしても、テツと結婚してたとはなあ、さすがにびっくりしたよ」

健はあらためて感慨深そうに言った。「ってことは、テツが団地から引っ越したあとも、付き合いはつづいてたのか」

「そうよ。だって、テッちゃんは、ちゃーんと新しい住所を教えてくれたし、手紙も書いてくれたから」

哲也とは引っ越してからも文通をつづけ、年に何度かは家族そろって会っていて、やがて二人きりで会うようにもなって、甘酸《あまず》っぱいことやホロ苦いことがいくつも降り積もって、現在に至る。

それに引き替え、健のほうは、アヤの皮肉にも気づかずに「あいつはいかにも筆まめだもんなあ」と素直に感心している。

哲也と健は、とにかく、まるっきり対照的なのだ。性格も、行動も、なにもかも。そんな二人が、幼なじみのアヤが真ん中にいるときだけは、親友になり、名コンビになる。

「ケンちゃんの連絡先がわかってれば、結婚式にも来てほしかったんだけど」

二度目の皮肉も、通じなかった。健は今度も「無理無理、俺、そういう堅苦しい場は苦手だから」と屈託なく笑うだけだった。

アヤは、しょうがないなあ、と笑い返して、話を先に進めた。

「それより、なんでケンちゃんたちもここにいるわけ？　入学式、もうとっくに終わったんでしょ？」

「そこなんだよ……うん、問題は、そこだ」

「はあ？」

「いやー、じつは……ちょっと、俺、ミスっちゃって……」

急に声がくぐもった。「なっ？」とナッコを覗き込む顔に、微妙な気まずさがにじむ。

「どうしたの？」とアヤはナッコに訊いた。

「寝坊しちゃったんです、パパ」

ナッコは唇をとがらせて言った。「わたしが何度起こしても、ぜーんぜん起きなくて」とつづけて、健を軽くにらむ。怒っているようでいて、たいして気にしていないようにも見える。

「ケンちゃん、寝坊して入学式に間に合わなかったわけ？」

「うん、まあ……結論を言えばそうなるな、うん」

「やだ、奥さんに起こしてもらえなかったの？」

思わず笑いながら訊くと、健は目をそらして、言った。

「いないんだ」

「……え？」

「バツイチ親子なんだよ、ウチ。去年の三月にカミさんと別れちゃってさ」

ナッコが横から「捨てられたんです」と冷静に言う。

「バッ、バカ、よけいなこと言わなくていいんだよ」

「だって、ほんとのことだもん」——やっぱり、かなりの大物だ。

「いいから、ちょっとおまえ、黙ってなさい。オトナの話なんだから」

とたんに落ち着きをなくした健は、アヤに向き直って「まいっちゃうよ、マセてるんだ、こいつ」とこわばった顔で笑う。アヤのほうも、どう話をまとめればいいか困ってしまって、うつむいた顔を上げられない。ついでに、ブンちゃんはそもそも「バツイチ」の意味がわからずに、きょとんとしたままアヤのジャケットの裾を後ろから引っぱるだけだった。

そんな三人をよそに、ナッコは笑顔で言った。

「いまから、おっきな目覚まし時計買いに行くんです」

はきはきとした口調に、アヤもつい「あ、そのほうがいいかもね」と答えた。違う違う、もっと別のこと言ってフォローしなきゃ、と悔やむ間もなく、ナッコはつづけて言う。

「時計とか、どこで買えばいいですか？　おばさん、いいお店知ってたら教えてください」

「うん……それだったら、駅前のヒルズタウンに行けば、あそこだと時計売り場もあるし……」

「おおっ、そうかそうか、ヒルズタウンだな、うん、そこで買おう、いっぱい買おう」――健もあせっている。

「おばさん、先生に挨拶するんだったら、いまだと職員室に一年生の先生、みんないましたよ」

「あ、そう、そうね、じゃあすぐに行かなきゃ」

「同じクラスかどうかはわかんないけど、これからよろしくお願いしまーす」

ぴょこん、と頭を下げる。つられて、アヤも「あ、わかりました、どうも……」とオトナ同士のような挨拶をしてしまった。

ブンちゃんと同学年というのが信じられないほど、ナッコはしっかりして――しっかりしすぎているようにも思えた。

もともとの性格がそうなのか、それとも、ママに「捨てられた」せいなのかは、わからない。

だから、「じゃあ、また」と健に声をかけるのもそこそこにブンちゃんの手を引いて職員室に向かう足取りは、逃げるような格好になってしまった。

＊

ブンちゃんのクラスは一年二組――担任は、水谷先生という女の先生だった。新卒採用。要するに、ぴっかぴかの一年生教師。就職活動用の紺スーツをそのまま着てきたのだろうか、小柄な細い体は、まだ新しいスーツの質感に圧倒的に負けている。ファッション誌で言う「スーツに着られている」というやつだ。

「あの……霜田、文太くんですね、シモダ・ブンタ、シモダ・ブンタ……間違いありませんよね？」

おっかなびっくりの顔と声で、おどおどと確かめる。

そんなに難しい読み方じゃないけどなあ、とアヤがあいまいにうなずくと、横から教頭先生が教えてくれた。

「じつはですね、水谷先生、先ほどの入学式でちょっとしくじっちゃいまして……」

クラスの児童の名前を一人ずつ読み上げるときに、名前を間違えてしまった。それも、よりによって和彦くん——留美子さんご自慢の息子を。

「カズヒコの『和』を『知』と読み間違えちゃって、トモヒコって……あとでお母さんから、ものすごい勢いで抗議されたんです。それでちょっと本人もショックを受けてまして」

目に浮かぶ。そして、和彦くんと同じクラスになっちゃったのかあ、と思うと、ため息も漏れる。

「もっとも、水谷先生にも同情の余地はあるんですよ。霜田さんのお宅以外にも、入学式を休んだお子さんがもう一人いらっしゃって、名前を呼んでも返事がないでしょ、それであせっちゃったんですよねえ」

「あの……休んだ子って、ひょっとして新庄さんですか？」

「あ、そうそう、そうです。新庄……えーと、なんて読むんだったかな」

名簿にメモ書きした振りがなを確認して、「ナヤコ……ちゃんですね」と、ピンと来ていない様子で言う。無理もない。教頭先生の長い教師生活でも初めて出会った名前だろう。

あの子も同じクラスか、とアヤは小さくうなずいた。ため息がまた——さっきとは微妙に違うニュアンスでこぼれ落ちた。うれしいような、困ったような、複雑な苦笑いも浮かぶ。

「まあ、とにかく、水谷先生は経験は浅くてもファイトあふれる先生ですし、わたしたちもフォローしていきますので、これからよろしくお願いします」

教頭先生の言葉を受けて、水谷先生は恐縮しきった様子でアヤとブンちゃんに一礼した。

いかにも頼りない。新米教師で、しょっぱなから留美子さんの不興を買ってしまったとなると、先が思いやられる。アヤだって、本音の本音を言うなら、「はずれ」に当たっちゃったかな、という気がしないではなかった。

それでも、「明日からよろしくね」とブンちゃんに握手を求める水谷先生の笑顔を見ていると、なんとなくなつかしい気分にもなる。頼りなさを親しみやすさに変えれば、仲良くなれそうな気もしないではない。

「がんばってください！」

思わず言った。

一瞬きょとんとした水谷先生は、ようやく味方に巡り会えた喜びいっぱいに「はいっ、がんばりますっ！」と勢いよく立ち上がり、勢い余って、滑った椅子《いす》を教頭先生の膝《ひざ》にぶつけてしまった。

前途多難——あらゆる面で。

けれど、とにかく、そんなふうにしてブンちゃんの小学校生活は始まり、アヤの一年生ママとしての日々は幕を開けたのだ。

4

みどりさんは、アヤから健の名前を聞くなり、「うわっ、なつかしい!」と声をはずませた。「ケンちゃんって、あの子でしょ、あのイタズラ坊主《ぼうず》」

「やっぱりおねえちゃんも覚えてるんだ……」

「忘れるわけないじゃない、あの子はほんとに……」

言いかけて、思いだし笑いでプッと噴き出してしまう。そういう少年だったのだ、子ども時代の健は。

「サイコーに気分のいい子なんだけど、ガキ大将で、乱暴で、不器用だったよね。あんたが泣いてるときも、元気づけて笑わせるところまではいいのに、勢い余って、逆にまた泣かせちゃうのよ」

だったね、とアヤも苦笑してうなずいた。

「いつだったっけ、わたし、ハエ叩《たた》きでケンちゃんのお尻《しり》ぶったことあるもん。ほら、ケンちゃんが、アヤとテッちゃんをまとめて泣かしたことあったじゃない、小学校の校庭で」

「……だったっけ？」

「そうだよ、わたしがたまたま通りかかったら、ケンちゃんが二人を並んで立たせて、なんかお説教してて、二人ともわんわん泣いてて、それでアタマに来ちゃって、ダッシュで家に帰ってハエ叩き持って……」

はっきりとは覚えていない。だが、似たようなことは何度も何度も、小学校を卒業したときにケンちゃんが引っ越してしまうまで数えきれないほど繰り返されていた。

「どうなの？　いまでもガキ大将の面影あった？」

「うん、かなり」

「仕事はなにやってるって？」

「聞いてないけど……」

「ほらぁ、そういうところが抜けてんのよあんたは」

苦笑したみどりさんは、「でも……」と真顔になって、ため息交じりにつづける。

「ケンちゃんがバツイチってのは、ちょっとアレだね、泣けちゃう感じ、するね」

　アヤも黙ってうなずいた。いまどきバツイチなど珍しくもなんともないんだと理屈ではわかってはいても、幼なじみのそういう話は、子どもの頃の屈託のない顔が思い浮かぶだけに、なんともいえず苦いものが胸に残ってしまう。

「テッちゃんには教えてあげたの？」

「さっきメールしたら、テッちゃんもびっくりしてて、今度東京に帰ってきたら三人で会おうか、って」

「……ふうん」

「どうしたの？」

「テッちゃんが単身赴任中で、ケンちゃんとアヤが再会するって……ね、なんか昼ドラ入ってない？」

　いたずらっぽい流し目をつくって、みどりさんは笑う。

「ちょっと、やだ、やめてよ」

「チッキなんて、ケンちゃんと気が合うんじゃないの？」

「あのねー、おねえちゃん……」

「嘘《うそ》、嘘、冗談だってば」

　そのときのみどりさんの口調は、百パーセントのジョークだった。

ところが、帰りぎわ、みどりさんは不意に「あ、思いだした」と言った。

ハエ叩きでケンちゃんのお尻をぶった日のこと——。

「あれねー、わたしの勘違いだったのよ。てっきりケンちゃんが二人をいじめてるんだと思ってたんだけど、そうじゃなかったの」

アヤとテッちゃんを泣かしたのは、別の子だった。二人が校庭で遊んでいたら、上級生のいじめっ子たちが来て、なきむしのアヤをからかった。テッちゃんがかばおうとしたが、上級生の前ではなにもできなかった。そこに駆けつけたのがケンちゃんだったのだ。

「そうだったっけ？」

「本人が忘れててどーすんのよ。ケンちゃんが上級生をやっつけたのよ。で、テッちゃんに説教してたの」

「なんで？」

「だから、アヤと一緒にいたのに、なんでおまえが守ってやらないんだ、って。怒られたテッちゃんはまた泣きだしちゃって、あんたまで泣いちゃって、そこにわたしが通りかかったってわけ」

ハエ叩きでお尻をぶたれたあと、ケンちゃんは顔を真っ赤にしてみどりさんの誤解を解いたらしい。

言われてみると、確かに、そんなことがあったような、なかったような……。

「ケンちゃんってさ、たぶん、あんたのことが好きだったんだと思うよ。でも、テッちゃんが王子さまだったわけだから、自分は用心棒になろうと思ってたんじゃない？」

健の顔が浮かんだ。子どもの頃のケンちゃんと、そして、昼間会ったオトナの健――二つの顔が交互に。

もしもケンちゃんが約束どおり引っ越し先の住所を教えてくれていて、中学生になっても手紙のやり取りがつづいていたら――。

いままで一度も考えたことのなかった「もしも」が、不意に浮かんでしまった。

「テッちゃんが単身赴任中だってこと、ケンちゃんはもう知ってるの？」

「……まだ話してないけど」

「テッちゃんのこと怒るんじゃないの？　アヤちゃんと結婚したくせに、おまえはなにやってるんだーっ、みたいに」

意外と、それ、ありうるかもしれない。

「で、おまえの留守中は俺がアヤちゃんを守るから、って言い出したりして」

それも、絶対にない、とは言えない。

「やだあ」と笑うアヤの顔に、困惑が交じった。

「なーんてね、じゃあねー、また」

中途半端《はんぱ》なオチをつけたまま、みどりさんはさっさと帰り支度を整えた。玄関まで見送りに出たチッキを「今度はウチに泊まりにおいでよ」と抱っこして、ブンちゃんには「明日からがんばりなよ」と頭を撫《な》でて、最後にアヤに「ケンちゃんに頼んでああげようか？　テッちゃんの留守中はアヤをよろしく、って」と——またよけいな一言を言うものだから、アヤの「やめてよ、おねえちゃん」の声は、笑い抜きの真剣なものになってしまった。

＊

その夜、アヤは夢を見た。

子どもの頃のアヤが、テッちゃんとケンちゃんと三人で、あさひ小学校の校庭にいる。そこにオトナの留美子さんがおっかない顔をしてやってきて、三人はあわてて逃げ出した。

子どもたちを寝かしつけたあと、水谷先生の悪口を言いつのる留美子さんの長電話に付き合わされたせい、だろうか。

目が覚めたときには、ぐったりと疲れていた。

「まいっちゃうなあ……」

わざと声に出してつぶやき、「なんなのよ、サイテー」と夢の名残を頭から振り払った。

夢の中で「こっちだ！　逃げろ！」とアヤの手を引いていたのは、テッちゃんではなくケンちゃんだったから――。

第三章　雨の日と月曜日は

1

「はっきり申し上げます」

教室に、留美子さんの凛《りん》とした声が響く。声の向いている先が自分ではないことはわかっていても、隣に座ったアヤは、ひゃっ、と肩をすくめてうつむいてしまった。

「コ」の字に並べた机の、留美子さんは縦の棒の真ん中で立っている。その正面には、一人でぽつんと、クラス担任の水谷先生――みんなで取り囲むような席の配置だった。

留美子さんはまっすぐに先生を見据えて、つづけた。

「小学校は、幼稚園や保育園とは違うんです。子どもたちは勉強をするために学校に通ってるんですし、学校の先生はお友だちじゃないんです。それくらい、新卒でもおわかりでしょう？」

「……はい」

「じゃあ、なんでそれができないんですか？」

「……すみません」

「謝るんじゃなくて説明してほしいんです。どうして、一年二組だけ、ろくに、授業も、できないんでしょう、か？」

イヤミたっぷりに言葉を区切って言う。留美子さんがひとを責め立てるときの、いつものパターンだ。うわっ、うわっ、出たぁ……と、横で聞くアヤのほうが居たたまれなくなってしまう。

ギャラリーがいると、留美子さんのイヤミはいっそうキツくなる。ましてや、今日は初めての保護者会で、ほぼすべての子の保護者が出席している。出たがりで目立ちたがりの留美子さんにとっては願ってもないチャンスなのだ。ついさっき、ＰＴＡ役員を決めるときでも、ただひとり立候補して無投票で選ばれた。ここで水谷先生をノックアウトすれば、名実ともにクラスのボスは決まる。

「ワタクシ、教室の様子を和彦から聞いたとき、耳を疑いました。授業中に私語は絶えないわ、勝手に席を立って歩きだす子はいるわ、先生が注意しても全然聞かないみたいですし……これって、いわゆる学級崩壊ってやつじゃないですか？」

マスコミでもおなじみの「学級崩壊」の一言に、他の保護者もざわつきだした。

アヤも、教室の様子はブンちゃんから聞いている。

確かに、授業中は騒がしいらしい。ただ、ブンちゃんは「面白いよ、学校」と、幼稚園時代と同じノリを歓迎している。連想ゲームでいうなら「学校↓勉強↓難しい」「先生↓怖い↓叱《しか》られたらどうしよう」でイメージが凝り固まっていたブンちゃんだけに、みんなが騒ぐとすぐに泣きだしそうになる水谷先生の頼りなさは、そのまま裏返って「先生って、かわいいんだよ！」になっているのだ。

不安だらけだったブンちゃんの小学校生活が、とりあえず無事にスタートした。アヤにとってはそれだけでも「水谷先生、サイコー！」になるのだが、どうやら留美子さんは入学式で「和彦」を「知彦」と読み間違えられて以来、水谷先生を徹底的にやりこめる機会を虎視《こし》眈々《たんたん》と狙《ねら》っていた様子だ。

「ウチの和彦はおとなしくて真面目《まじめ》な子ですから、小学校に上がっていろんな勉強をするのを楽しみにしてたんです。和彦だけじゃありません。ここにお集まりの皆さんの子どもさんも、みんなそうだと思うんです。学校では勉強をしたいんです。子どもというのは誰でも『学ぶ楽しみ』を得たいものなんです」

ねえ、そうですよねえ、と留美子さんは「コ」の字の端から端まで、ゆっくりと眺め渡す。何人かが大きくうなずいて、何人かが小さくうなずいて……反論するひとはゼロ。保護者会とはいっても、平日の昼間なので、お父さんは誰もいない。私立の名門女子校に幼稚園から大学まで通っていた留美子さんにしてみれば、勝手知ったる「女子校の女王さま」ノリで話を進められるわけだ。

「いいですか、水谷先生。子どもたちには学ぶ権利があるんです。あなたは、その権利を奪ってるんですよ。それでも教師なんですか？」

「……すみません」

「ですから、謝ってもらってもしょうがないんですよ。いまのクラスの状態を、先生はどうお考えなんですか？」

「あの……ですから、その……」

「このままでよろしいんですか？」

「いえ、それは決して……」

「じゃあ、よくないとわかってて、なんで放っておいてるんですか？　さっぱりわかりません、ワタクシには。これが、いまどきのお若い先生のやり方なんですか？　ワタクシ、今日、この場で先生から納得のいく解決策を聞けないのなら、校長先生や教頭先生、いえ、教育委員会に相談することも考えてますから」

水谷先生は泣きだしそうな顔を上げて、なにか言いかけた。だが、先生が口を開く前に、留美子さんはぴしゃりと、「言い訳なら、けっこうです。ワタクシが聞きたいのは解決策です」。

先生は助けを求めるまなざしを、遠慮がちに左右に注ぐ。

アヤは目を伏せる。ごめんねっ、と心の中で詫《わ》びる。

こうなったときの留美子さんは誰にも止められない。へたに口を挟むと、火に油を注ぐだけだ。

「はっきり言わせてもらいます。水谷先生は、このままでは担任として失格です。教師、不適格だと思います」

先生の目が赤くうるみはじめた。

と、そのとき——。

教室のドアが勢いよく開いた。

「すみませーん、遅れちゃいました！」

息をはずませて駆け込んできたのは、ケンちゃん——新庄健だった。

＊

「いやいやいや、どーもどーも、ほんと、すみません、保護者会のこと、ケロッと忘れちゃってて……」

謝りながらも、たいして悪びれてはいない態度で、健は空いている席についた。アヤと斜めに向き合う恰好《かっこう》になった。目が合うと、いよっ、と手刀を切るようなしぐさで笑う。

「で、いま、なんの話で盛り上がってるんですか？」

のんきな一言に、ピンと張り詰めていた教室の空気がゆるんだ。ということは、つまり、一人で立ち上がっている留美子さんの存在が一気に浮いてしまったことになる。

「あ、こんな机の配置ってよくないなあ。これじゃ先生が一人ぼっちになっちゃうでしょ、先生、こっちこっち、こっち、こっちが空いてますから」

健は、さあさあどうぞどうぞ、と先生を手招き、わざわざ席を立って出迎えた。

健のまわりにいるお母さんたちも、困惑しながらも、緊張がほぐれた笑顔になって、空いていた席に置いてあったカバンや上着をどかした。そうなれば、先生のほうも断る理由がない。すみません、すみません、と恐縮しながらも席を移ってしまうと——

留美子さんのキッと吊《つ》り上がったまなざしを受け止める先はなくなってしまった。

そうそう、そうだった。アヤは心の中で、なつかしさに満ちた快哉《かいさい》を叫んだ。子どもの頃から、いつもそうだった。天然ボケというかマイペースというか、ケンちゃんが話に加わると、学級会がとたんにお楽しみ会になってしまうのだ。

「あれ？　水谷先生って花粉症なんですか？　あー、それ、大変ですよねえ。目なんか真っ赤じゃないですか。はい、これ、ティッシュ、どうぞ使ってください」

無神経なのか優しいのかわからない、ぎりぎりのところを、しかも本人には計算がなく自然にやってのけるのが、健の長所でもあり、はた迷惑なところでもある。

「で、いまはなんの話をしてるんですか？」

「クラス運営の話です！　いま、とっても大切なことを話し合ってたんです！」

留美子さんは憤然として言って、いらだたしげに椅子《いす》に座り直した。

「はあ、クラス運営ねえ……いま、なにか問題でもあるんですか？」

「あるから話し合ってるんです！」

「って、どんな問題なんです？」

「水谷先生の指導力です！　おたくもお子さんから聞いてませんか？　もう、授業中でも騒がしくて、ちっとも勉強に集中できない、って」

すると、健は大きく手を打って、「そうなんですよ！」と身を乗り出した。

え？　え？　え？　と困惑するアヤや、再び泣きだしそうになった先生をよそに、
留美子さんは「でしょう？」と満足そうな微笑《ほほえ》みを浮かべてうなずいた。

だが、その笑顔は、一瞬にしてこわばってしまう。

「素晴らしいんですよ！」

健は高らかに言った。なんの迷いもなく、きっぱりと。

「いや、ほんと、ウチの娘も大喜びなんです。小学校ってこんなに楽しいとは思わなかったって、毎日張り切って学校に行ってるんです」

そして、先生に深々と一礼した。

「水谷先生、明るい雰囲気のクラスをつくっていただいて、どうもありがとうございます！」

教室がしんと静まり返るなか、顔を上げた健は、「って話をしてたんでしょ？」と屈託なく笑った。

「……まあ、評価はそれぞれでしょうけど」

留美子さんは震える声で、懸命に余裕を保ちながら言って、芝居めいたしぐさで腕時計に目をやった。

「やだ、次の約束忘れてた。お先に失礼します、わね」

そそくさと席を立ってそのまま教室を出て行く。「では、先生、くれぐれも、よ、ろ、し、く」と最後の一言に精一杯のイヤミを込めて、すまして笑って……後ろ手にドアを閉めるピシャッ！という音に本音がにじんでいた。

2

その後の保護者会は、さしたる波乱もなく終わった。

ただし、留美子さんが放った「学級崩壊」の一言は、まだすっきりと消えたわけではない。授業中の教室がやたらと騒がしいというのも事実だ。

「だから、ちょっと心配なんだけどね……」

アヤがため息交じりに言うと、健は「活気があっていいと思うんだけどな、俺は」と真顔で言う。

「ケンちゃんも騒いでたもんね、小学生の頃」

「だって俺、四十五分もじーっと黙って座ってるなんて、できないもん。オトナになってもキツいよ」

学校から駅へつづく一本道を、二人で歩いている。ゴールデンウィークを目前に控え、すでに並木の桜は散り落ちた。旭ヶ丘ニュータウンを彩《いろど》る花は、そろそろサツキに変わる。

「で、これからアヤちゃん、どこ行くの？」

「買い物だけど……」

「じゃ、俺も付き合うよ」

「そんな暇あるの？　仕事、抜けてきたんじゃないの？」

「違う違う、寝坊しちゃったんだよ、また」

寝坊して、午後の保護者会に遅刻する――「仕事、夜やってるの？」と訊《き》いても、わははっ、まあまあ、それはいいじゃん、とごまかされた。子どもの頃から、なにを考えているのかわからないところがあった。真剣かつ深刻な話になりそうなときは、すぐに冗談に紛らせてしまう。オトナになっても、そういう性格は変わっていないようだ。

「でも、アヤちゃんの隣にいたお母さん、怖かったなあ」

「あんなのまだ軽いほうよ」

「そうなの？」

「うん……ほんと、本気で怒ったら、あんなものじゃないんだから」

和彦くんとブンちゃんが『あさひ幼稚園』に通っていた三年間で、いったい何人の先生が留美子さんの猛抗議を受けて退職していっただろう。和彦くんがちょっと転んで膝《ひざ》をすりむいただけで「安全管理がなってません！」、おなかをこわすと「衛生管理がなってません！」、学芸会で主役をもらえなければ「差別です！」……。

「悪いひとじゃないのよ、うん、悪いひとじゃないんだけど、なんていうか、子どものことになったら無我夢中になっちゃうの。負けず嫌いだし、プライドも高いし」

「じゃ、サイテーだな」

身も蓋《ふた》もなく言った健は、アヤの家族と留美子さんの家族との縁を聞くと、うんざりした顔になった。「ダンナが会社の同期入社で……子どもの歳《とし》が同じで……マンションの棟も隣り合ってて……あと、留美子さんはアヤちゃんの三つ上の姉貴分だろ……」とおさらいするように指折り数えて、「テツもバカだよな、せめてマンションぐらいは全然別の街で選べばいいのに」と言った。

「バカ」の一言に、カチンと来た。

「いいじゃない、朋之さんとテッちゃんは親友なんだから」

「だって、会社の同期だろ？　親友じゃないだろ、ライバルって感じじゃないのか？」

「違うの、ほんとに。朋之さんってすっごく人柄がいいし、テッちゃんとサイコーに気が合ってるの……」

やれやれ、と健は肩をすくめ、「テツの親友は俺なんだと思ってたんだけどな、ガキの頃は」と言った。

「なに言ってんの、無理やりテッちゃんを遊びに付き合わせて、最後は泣かせて……テッちゃんはああいう性格だから文句言わなかったけど、ほんとは迷惑してたときもけっこう多かったんだから」

わかったわかった、と笑った健は、「あいつ、ゴールデンウィークには帰ってくるのか？」と訊いた。

アヤは、とたんに、しょぼんとうつむいてしまう。

帰ってくるはずだったのだ。ずっと楽しみに待っていたのだ。ところが、遅れ気味のプロジェクトの進行を立て直すために、夏休みまでは休みなしで仕事がつづく、という。

「しょうがないなあ、テツも。仕事に燃えてどうするんだよ、こんなご時世に」

また、カチンと来た。

「好きで休日出勤してるわけじゃないわよ、テッちゃんも。でも、あのひとは責任感強いし、仕事をひと任せにして自分だけ休めるようなひとじゃないし……とにかく、わたしや子どもたちのためにがんばってくれてるの！」

ついでに、もう一言——。

「子どもの頃のテッちゃんと同じで、わたしも迷惑してるの、ほんとは！」

「……俺に？」

「そう！　留美子さんの顔つぶしちゃって、あとで八つ当たりされちゃうのって、わたしなんだからね！」

プイッと顔をそむけ、「じゃあね！　バイバイ！」と足早に歩きだした。「ついて来ないでよ！」

健はその言葉に従って、あとを追いかけては来なかった。

しばらく歩いてアヤが振り向くと、さっきの場所にたたずんだまま、ごめんっ、と両手を合わせて謝って、その手をバイバイッと振って、来た道を引き返していく。歩きながら、ううううっ、と背中を震わせ、腕を目にあてて、泣き真似《まね》までする。

なにをやらせても子どもじみている。ほんとうに、小学生の頃の悪ガキが、そのままオトナになったみたいだ。

アヤもさすがにプッと噴き出して、知ーらないっ、とショッピングセンターに向かう。足取りがさっきより軽くなった。哲也に会えない寂しさも、留美子さんの八つ当たりへの不安も、一瞬だけ忘れることができた。

「おーい！」

健の声が背中に聞こえた。

振り向くと、遠くから、両手をメガホンにして「よく泣かなかったな、えらいぞーっ」——わははははっ、と笑う。

あっかんべえ、を返してやった。

3

危惧《きぐ》していたとおり、留美子さんは、あの程度のやり取りでおとなしくひっこむようなひとではなかった。

五月の連休明け、学校から和彦くんたちと一緒に集団下校したブンちゃんは、マンションの前で出迎えるアヤに「ただいまーっ」と抱きつくなり、言った。

「あのね、ママ、今日から水谷先生、しばらくお休みなんだって。今日は教頭先生がピンチヒッターだったんだよ」

思わず、留美子さんを振り向いた。

留美子さんはその視線に気づかず、和彦くんに「今日はお勉強できた？　ちょっとは静かになって、お勉強もはかどったでしょ？」と上機嫌に笑いかけていた。

＊

集団登下校の送り迎えは、ウワサ話を収集し、整理する絶好の機会だった。そのおしゃべりがいちばん盛り上がるのは、留美子さんがその場にいないとき――。

「それって、正確には『ウワサ話』じゃなくて、ただの『陰口』なんじゃないのか？」

健はあきれた様子で言った。ちょっと不愉快そうな様子も、携帯電話越しの声から伝わってくる。

「聞きたくなくても耳に入ってくるんだもん、しょうがないじゃない」

アヤも口をとがらせて言い返す。「ケンちゃんだって、水谷先生のこと知りたいんだったら、わたしにこそこそ訊くんじゃなくて、学校にきちんと問い合わせればいいじゃない」

「だって、俺はアヤちゃん以外に知り合いがいないし、集団登下校もサボりまくってるし」

「そんなこと、いばんないで」

「いや、でもさ、マジ、俺とナッコはそういう過保護な付き合いしないって決めてるから。インディペンデントな親子なの。わかる？　独立系父子家庭って感じなんだ」

ナッコのしっかりした――しっかりしすぎて、ちょっと可愛《かわい》げがないほどの様子を思い浮かべると、なるほどね、と納得できた。グータラな父親と二人暮らしだと、娘はしっかりせざるをえない。それと同じように、引っ込み思案の息子を持った母親は、たとえ過保護と言われようとも集団登下校にきっちり付き合って、ブンちゃんが友だちと接するときの様子から、いじめに遭っていないかどうかをチェックしなければならないのだ。

「まあ、俺んちの話はどうでもいいんだけど……じゃあアレなのか、やっぱり留美子さんが……」

「教頭先生に電話したっていうウワサだけどね」

水谷先生が担任のままだと一年二組は学級崩壊してしまう、と訴えたらしい。学校側がなにも対策をとらないのなら、教育委員会に相談する、とも脅したらしい。学校側は、もともと五年一組を受け持っているベテランの堀内先生をとりあえず兼任という形で一年二組に送り込み、水谷先生には研修施設でしばらく再研修を受けさせることにして、それでようやく留美子さんも矛《ほこ》を収めたのだという。

「マジかよ、なんだよ、それ」

「ウワサだから、ほんとうかどうかはわかんないけどね」

「っていうか、本人に訊けばいいじゃん」

「……そんなのできるわけないでしょ」

「なんで？」

きょとん、と訊かないでほしい。母親同士やご近所同士の人間関係の難しさをいちいち説明するのも面倒になって、「だったらケンちゃんが訊けば？」とため息交じりに言った。

「いや、俺は、だって……よく知らないひとと話できないタイプだし……」

あはは、俺、意外とひと見知りなヤツなの、と笑う。

どこまで本気でどこまでジョークなのか、わからない。どっちにしても、いつまでも健の長電話の相手をしていられるほど暇ではない。そろそろチッキを幼稚園に迎えに行く時間が迫っていたし、雲行きもあやしい。ゴールデンウィーク明けから二週間、ずっと天気がぐずついている。

「とにかく、そういうウワサが流れてるってこと。それだけ。あとは自分で調べれば？」

昼間から電話をしてくるぐらいだから、どうせ暇なんでしょ——と、そこまで言うほど意地悪ではないけれど。

「いいのか？」

「え？」

「アヤちゃんは、ほんとうか嘘《うそ》かわかんないようなウワサを聞くだけで、もういいのか？」

声から、のんきな笑いが消えていた。

「だって……」

言いかけるのを制して、笑いのない声で、諭すようにつづける。

「俺、ウワサ話の好きなアヤちゃんって、好きじゃないな」

耳がカッと熱くなった。痛いところをつかれた。

「べつに、好きなわけじゃないから」

「そうか？　だといいんだけどさ……」

あたりまえじゃない、好きなわけないじゃない、ウワサ話なんて。浮世の義理でしかたなく付き合ってるだけなんだから……。心の中で言い返した。なぜ声に出せなかったのか、自分でもよくわからない。

と、そこに——雨の音。

あわてて電話を切り、バルコニーに出しっぱなしの洗濯物を大急ぎで取り込んで、フード付きのレインコートを羽織り、ダッシュで自転車を漕《こ》いで幼稚園へ急ぐ。途中でチッキのレインコートを忘れたことに気づいて、またUターン……。

今年の五月は、ほんとうに天気が悪い。鉛色をした重たげな雲が垂れ込めた空は、なんだか、担任をはずされてしまった水谷先生の気持ちを映しているみたいだった。

4

研修が終わっても、水谷先生はクラス担任には復帰できなかった。授業は研修中と同じように堀内先生がおこない、水谷先生は教室の後ろに立って、ひたすらノートをとるだけだった。

おかげで授業の遅れはだいぶ取り戻せた。

ところが、そうなるとまた新たな文句のタネが出てきてしまうのが、留美子さんなのだ。

「悪口を言うわけじゃないんだけど、堀内先生って、勉強はしっかり教えてくれるんだけど、歳もオジサンだし、ずっと高学年を担任してるから、一年生の子のノリと違うみたいなのよね」

例によって「ウチのカズくん」からの情報だった。そして、これも例によって、誰かが「どんなふうに？」と訊いてくるまで、その場にいるママ仲間全員を端から端まで何往復も眺め渡す。そのプレッシャーに最初に負けてしまうのは、決まって、アヤ――。

しかたなく「どんなふうに？」と訊くと、待ってました、と口調が熱を帯びてくる。

「ブンちゃんも言ってない？　あの子はのんきだから気づいてないかもしれないけど、ウチのカズくんは鋭いところがあるでしょ？　だから、見抜いてるのよ、堀内先生の授業が一方的だ、ってことを」

いわゆる「講義」タイプで、先生が説明して、板書をして、どんどん先に進んでいく。寄り道や雑談はほとんどなく、たまに言うジョークも「昭和」や「オヤジ」の臭《にお》いが濃厚で、そのくせ、ウケが悪いとあからさまに不機嫌そうになるのだという。

子どもたちに質問をするときも、出席番号順に淡々と指名する。指名された子がピントはずれの答えを口にして、みんながドッと笑うと、すぐに「はい、そこ、うるさい！」と静かにさせる。

「教え方はさすがに上手《うま》いらしいの。水谷先生のときよりずっとよくわかる、って……まあ、もともとカズくんはなんでもよくわかってる子なんだけどね」

以下、カズくん自慢は割愛。

「ただ、あの先生の授業は、とにかく先生の話を黙って聞きなさい、っていう感じで、みんなが活発にしゃべって授業に参加するのが、あまり好きじゃないみたいなんだって。でもね、一年生の授業なんて、そんなに厳しくする必要はないんじゃない？　でしょ？　でしょ？　もっとのびのびできる雰囲気をつくって、子どもたちが失敗を怖がらずに積極的にしゃべれるようにしてもらわないと、勉強や学校が嫌いになっちゃったら、本末転倒じゃない？　一年生の教室なんて、少々騒がしいぐらいでちょうどいいんじゃない？　ね、そうでしょ？　そう思うでしょ、そうよねえ、思うわよねえ……」

水谷先生を責め立てたときとは、まったく正反対だった。

だが、それが矛盾だとは、留美子さん自身はちっとも思っていない。

もしも誰かにそのことを指摘されても、「わたし、そんなこと言ったたっけ？」とシレッとした顔でとぼけるか、「臨機応変っていう言葉、知らないの？　かたくなに一つの考えにこだわるのって、ちょっとおかしくない？」と説教を始めるか、もしくは「このまえはこのまえ！　いまはいま！」と問答無用で切り捨てるか……いずれにしても、まわりにストレスを強いるぶん、自分自身はいつでも正しさをふりかざしていられる、お得な性分であることは、間違いない。

ここにケンちゃんがいたら、どうなるだろう。

留美子さんの独演会にお付き合いするたびに、つくづく思う。

ガツンと言ってくれるだろうか。それとも、うまく調子を合わせながら、暴走を抑えてくれるだろうか。どっちにしても、四月の保護者会のときのように、すっきりした気分でウチにひきあげられるだろう。

想像すると、頬がゆるむ。だが、そのあとで、決まって、自己嫌悪に襲われてしまう。

なんでもかんでも頼るなよ、とムッとする健の顔が浮かぶ。だいいちアヤちゃんが頼る相手は俺じゃないだろ――これは、健の声色を使って、アヤが自分自身に言い聞かせていることでもある。

＊

水谷先生は、堀内先生の授業見学を一週間つづけたあと、翌週からようやく教壇に戻ることができた。

ただし、今度は堀内先生が教室の後ろや黒板の脇《わき》に陣取って、授業の様子をチェックしているらしい。ブンちゃんによると、水谷先生は、堀内先生がしかめつらでノートになにか書き込んだり、不服そうに首を傾《かし》げたりするたびに、声がうわずって、かすれて、ひっくり返ってしまうのだという。

話を聞くだけでも、水谷先生の背負ったプレッシャーのキツさは想像できる。「もう、いいかげんにしてあげてください！」と、言えるものなら言いたい。

しかも、堀内先生のチェックを一週間受けたあとには、さらなる難関が待ちかまえている。

「来週の月曜日に、カズのママがくるんだって」

「教室に？」

「そう。それが、最終テストになるんだって」

留美子さんは一時間目からのすべての授業を見て、『朝の会』や『終わりの会』や給食、休み時間の様子もチェックして、合否を決める。合格点に達していれば、水谷先生はクラス担任として認められるが、もしも、万が一、留美子さんに不合格と判定されてしまったら、クラス担任は正式に、別の教師に交代することになる。

「はっきりいって、ぼくらはみんな水谷先生の味方だから、怒ってるし、カズも嫌がってるんだけどね」

「うん……わかる」

「でも、カズのママ、絶対に来ちゃうよね、月曜日」

「それも……わかる」

うんざりした。げんなりもした。そしてなにより、留美子さんを敵に回す怖さを、あらためて思い知らされた。

だが、このまま放っておくというのは、いくらなんでも——。

もちろん、「やめてあげませんか？」と言って、素直に「それもそうね」と受け容《い》れてくれるようなひとなら、最初から苦労はしない。ヘタに止めようとすると、かえって依怙地《いこじ》になって、話をさらにおおごとにしてしまいかねない。

ほかのママ仲間に相談してみようか、とも考えた。ママ仲間が全員そろってこっちの味方についてくれるのなら、なんとかなるかもしれない。だが、中途半端《はんぱ》な人数しか集まらず、しかも途中でこっちの目論見《もくろみ》がバレてしまったら、留美子さんの怒りは生半可なものではすまないだろう。

哲也に相談しようか。律儀でまじめで優しい哲也は、どんな仕事が忙しくても、相談を適当に聞き流したりはしないはずだ。なにごとも真剣に、深刻に、考えて、迷って、悩んでくれるはずだ。

だからこそ、ダメッ、と自分で自分を叱った。哲也にこんなことで心配をかけるわけにはいかない。

相談するのなら、もっと暇そうで、もっとのんきで、お気楽で、いいかげんで、それでいて頼りになりそうな……。

思いつく相手は、一人しかいなかった。

健はすでに、ナッコから水谷先生の最終テストについて知らされていた。アヤの相談も「なんとなく、そろそろ電話がかかってくるんじゃないかなって思ってたんだ」と笑う。

「……ねえ、どうすればいいと思う？」

「アヤちゃんは？　アヤちゃんはどうしたいんだ？」

突き放されたような気がした。それがわからないから相談してるのに、とも言い返したかった。

だが、健は「じゃあ、質問をちょっと変えるか」と言って、つづけた。「アヤちゃんは自分が動いてなんとかしようっていう気持ちがあるのか、動かずになんとかしたいと思ってるのか、どっちなんだ？」

「それは……」

言葉に詰まった。自分がなにもしなくても事態が解決するのであれば、もちろん、それに越したことはない。できればそうなってほしい、とも思う。けれど、そんなのズルいよ、と自分を叱りつける自分も、自分の中に確かに――ややこしいけれど、ほんとうに、いるのだ。

「どっちだ？」

健は軽い口調でうながした。「俺はどっちでもいいと思うけど」

「……そう？」

「でも、まあ、自分ではなにもやらずに解決したいっていうのは、ウワサ話や陰口だけで誰かのことをわかったようなつもりになるのと、似てるような気もするけどな」

いつか電話で話したときと同じように、耳がカッと熱くなった。

健の言葉に納得したというより、むしろ反発して、悔しくなって、意地を張って、アヤは言った。

「わたしも、できることがあるのなら、なにかやってみる」

「そうか？」

「うん……役に立つかどうかわからないけど」

すると、健は「そんなことないよ」と、きっぱりと応えた。自信たっぷりに、そして、どこかうれしそうに。

「なにか考えてることあるの？」

「ああ。さっきナッコと二人で作戦を立ててたんだ」

「作戦？」

「で、その作戦には、アヤちゃんの協力が絶対に欠かせないんだ」

さっぱりワケがわからないアヤに、健はさらにつづけて、「あと、月曜日の天気もポイントだな」と言う。

天気予報によると、来週の月曜日、東京地方は朝から雨になるらしい。

「月曜日で、しかも雨……最高の組み合わせだぞ」

わははは、と笑う。

「ズル休みには最高ってことだ」

「最高って？」

＊

月曜日は、天気予報どおり、朝から雨だった。

暦は六月に入っている。今日明日のうちには、関東甲信地方の梅雨入りが発表されるかもしれない。

週の始まりの月曜日。しかも、雨。憂鬱《ゆううつ》になれと言わんばかりの組み合わせで、ずっと昔に流行《はや》った洋楽ポップスにも、そのことを歌った『雨の日と月曜日は』という曲があったらしい。だが、健の作戦では、その憂鬱さこそが、武器になるらしい。

「はっきり言って、どうなるかは、俺にも全然わからない。この作戦は、俺がコントロールできるものじゃないんだから」

健が自ら認めるとおり、この作戦は、多分に、というよりほぼ百パーセント、他力本願の運任せだった。「作戦」というより、「賭《か》け」のほうが近い。

「でも、俺は信じてる」

なにを――。

「人間は、弱くて、ダメダメで、カッコ悪くて、信じるに価《あたい》しないほどいいかげんなものだ、ってことを、信じてる」

めちゃくちゃな理屈だったが、そう言ったあとで「だから、人間って面白いんだよ」と付け加えた一言と浮かべた笑顔には、不思議な説得力があった。


午前八時少し前。

始業前の小学校の職員室は、騒然となっていた。

ついさっき、水谷先生から電話がかかってきた。

先生は涙声で「今日は、学校を休ませてください」と言って、つづけて、もっと重大なことを告げた。

「わたしの机の引き出しに、辞表が入っていますので、よろしくお願いします……」

健は「賭け」に勝った。

その時点では、もちろん、健以外の誰も、それには気づいていなかったのだが。

教頭先生や堀内先生たちが大あわてで善後策を話し合っていると、事務室の職員から内線電話で「内藤留美子さんがいらっしゃいました」と連絡が入った。「応接室にお通ししておきます」

職員室がさらにパニックになるなか、外線電話が再び鳴った。

「在校生の保護者A」と名乗る男性からの電話だ。受話器を取った堀内先生が「どなたですか？」と訊いても、その男は、喉《のど》をトントンと叩《たた》きながらしゃべる、いわゆる宇宙人の声で「ふ、ふ、ふ、ふ」と笑うだけで名前は告げず、代わりに——。

「いち、ねん、に、くみ、の、みずたに、せんせい、は、あした、まで、あずかった、から、じひょう、の、こと、あした、また、あらためて」

それだけ言うと電話は向こうから切れた。

「いまのって……なんだ？　ワケがわからんぞ……」

唖然《あぜん》とする堀内先生が、遅ればせながら「誘拐！」と気づいたのと同時に、またも内線電話が鳴った。

「えーと、いまですね、受付に、一年二組の児童の保護者がもう一人いらしてるんですが」

霜田文太くんのお母さん——アヤである。

そして、その二、三分前、アヤが校内に入ったのを教室の窓から確認したナッコは、黒板の前に並んだクラスメイトに声をかけた。

「じゃあ、予定どおり、作戦、実行！」

チョークを手に指示を待ちわびていたみんなは、手分けして、大きな文字のメッセージを黒板に書いた。

〈ようこそ カズくんママ！〉

そのメッセージが仕上がった頃、アヤと留美子さんは応接室で鉢合わせになった。

「なんで？ なんでアヤさんがここにいるの？」

びっくりする留美子さんとは対照的に、アヤは冷静なまま、きょとんとした表情をつくって、言った。

「だって今日、留美子さんの特別講演会があるって、ブンから聞いたんだけど」

「はあ？」

「クラスの子どもたち、すごく楽しみにしてるみたいだし、わたしもせっかくだから勉強させてもらおうと思って」

「……どういうこと？」

始業チャイムが校内に鳴り響く。なんだかそれは、作戦の前半が成功したことを祝福するファンファーレのようにも聞こえた。

＊

水谷先生は、学校に行くかどうか、ぎりぎりまで迷っていたのだ。休むのであれば、もう教師はつづけられない。その覚悟とともに、週末のうちに辞表を自分の席に用意しておいた。

一人暮らしのアパートを出る時点では、やっぱり逃げずに学校に行こう、と決めていた。がんばって最終テストを受けて、留美子さんからクラス担任として認めてもらうしかない。

ところが、アパートから最寄り駅まで傘を差して歩いているうちに、だんだん気が滅入《めい》ってきた。

あとで健は言った。

「これが雨の日じゃなくて、気持ちよく晴れた日だったら、結果は全然違ってただろうな。最終テストも週の真ん中あたりだったら、もう勢いでやっちゃおう、っていう気になったかもしれないし」

「でも、それって――」

思わず言い返したアヤに先回りして、「いいかげんだよな、仕事を辞めるかつづけるかの大問題が、天気や曜日に左右されるなんて」と苦笑する。「でも、理詰めの損得で、ものごとがビシッビシッと決まっちゃうより、俺はそっちのほうが好きだな」

水谷先生は駅に向かう途中で立ち止まり、携帯電話を取り出して、涙ながらに欠勤と辞表の件を告げた。

電話を終えて、途方に暮れて、とりあえずウチに帰ろうと思って踵《きびす》を返すと、目の前に、健が立っていた。アパートを出たときから後をつけて、様子をうかがっていたのだ。

「せっかく雨の日にズル休みするのなら、雨が似合う場所に行って、雨が似合うこと、やってみませんか？」

そう言って、「泥だらけになってもいい服をアパートから持ってきてください」と付け加えた。

「それで、房総半島の南のほうまで行っちゃったの？」

アヤが訊くと、「しかたないだろ、六月に田植えをするのって、暖かい地方しかないんだから」と言う。「週末のうちに知り合いの農家に片っ端から電話して、やっと一軒だけ、月曜日に田植えをするウチを見つけたんだから」

「田植えって、雨の日にやるといいの？」

「そんなことないよ。どうせなら、晴れた日のほうが気分がいいし」

「じゃあ、どうして……」

「なんだっていいんだ。黙々と体を動かしてれば、だんだん夢中になって、頭の中が空っぽになって、すっきりするんだよ」

　実際、そのとおりだった。

　田植えを手伝わせてもらった水谷先生は、夜になって東京に帰り着いたときには、すっかり元気になっていた。「わたし、明日から学校に行きます」と力強く言って、辞表も撤回する、と宣言した。

「でも、もし田植えをしても元気になれなかったら、どうするつもりだったの？」

「田んぼがダメなら、次の日も学校を休んでもらって、今度は伊豆に鮎《あゆ》釣りにでも連れて行くさ。それでもダメだったら、高知や和歌山あたりの海で素潜り漁を手伝ってもらってもいいし、北海道や東北まで行けば山菜だってまだたくさんあるんだし……元気になるまでなんでもやればいいんだ、そうすれば、絶対に元気になるんだから」

　あいかわらず、めちゃくちゃな理屈だった。

　そもそも先生を尾行するのもストーカーまがいの行為ではあったし、先生が学校を休む気にならなければ空振りで終わるところだった。まさに他力本願の運任せ、勝算に乏しい「賭け」だったのだ。

「でも、当たっただろ？　結果オーライだよ」

そこまでは胸を張って自慢げに言った健だったが、「人間は弱いんだよ、ほんとに……」とつづけた言葉は、ため息交じりの、微妙に寂しそうな口調になった。

アヤの「だよね……」の相槌《あいづち》も、沈む。この「賭け」は、負けたほうが、じつはホッとして、喜ぶことができたのかもしれない。

ただし、もう一つの「賭け」は——。

健は寂しさを振り払って、いつもの明るい声に戻って言った。

「まあ、でも、留美子さんがあんなにみごとに作戦どおりになるとは思わなかったよ」

「わたしも、びっくりしちゃった」

「ああいうタイプのひとは、自分のペースに持ち込んだら天下無敵だけど、相手に先にペースを握られたら、意外と弱いものなんだよな」

まったくもって、そのとおりだった。

「講演会？　ちょっとそれ、なに？　わたしは今日はそんなことするために来たんじゃないのよ……」と困惑して一年二組の教室に入った留美子さんを迎えたのは、子どもたちの拍手と歓声、黒板の歓迎メッセージ――そして、ナッコの指揮で始まった「留美子さん」コールだった。

ふつうなら、困惑を超えて、動揺して、混乱してしまう。

ところが、ここからが留美子さんの留美子さんたる所以《ゆえん》だった。

「ウチのカズくん」の前でみっともない真似は見せられない、とハラをくった。学校側も、水谷先生の欠勤や辞表の件をごまかしておきたいのだろう、留美子さんの特別講演会を「どうぞどうぞ」と認めた。

「そうですか？　じゃあ、センエツながら、親の立場からのお話を少し」

突然の展開とは思えないような落ち着き方で、貫禄《かんろく》たっぷりの足取りで教壇に向かう。黒板に留美子さんが自ら書いた演題は、〈子どものデキは、母親で決まる〉だった。

健は何度もアヤやナッコにそのときの話をせがみ、演題の場面に差しかかるたびに、腹を抱えて笑う。

「いやあ、講演を聴けなかったことが一生の不覚だよ。アヤちゃんもナッコも、気を利《き》かせて録音ぐらいしてくれればよかったのに」

実際、子どもたち経由でその話を知った一年二組のママ仲間からも、「わたしも聴きたかったなぁ」「霜田さん、どうして誘ってくれなかったのよ」と、さんざん文句を言われたのだ。

「でも、全然中身はないのよ。和彦くんの自慢と、自分の自慢を、交互にしゃべってるだけなんだから」

ナッコも、そうそう、ほんとそうだった、とうなずいてくれるのだが、健に言わせれば「そこが面白いんじゃないか」——まあ、その気持ちはわからないでもない。

ただ、健の作戦は、留美子さんに講演をさせておしまい、ではなかった。肝心なのは、むしろ講演後。アヤに与えられた最大の使命も、そこにあった。

講演を終えて教壇から下りた留美子さんは、教室の後ろで話を聴いていたアヤのところまで来ると、ムッとした顔で「アヤさんがじーっと見てたから、話しづらくてしかたなかったじゃない」と言った。「よけいなプレッシャーをかけないでくれる?」

その展開を、待っていた。

アヤは素直に「ごめんなさい」と謝って、あえて「やっぱりオトナ同士でじーっと見られてると、やりづらい?」と訊いた。

「そんなのあたりまえじゃない。わたしのほんとうの実力の半分以下よ、ほんとうはもっとしゃべってあげたいこと、たくさんあったのに」

ぷんぷん怒る。そうなればなるほど、作戦は活《い》きる。

「いい？　今日のわたしの話、きっと評判になるから、第二弾や第三弾もあると思うけど、今度はもう、あんなふうにじーっと見るの、やめてちょうだい。ほんと、迷惑なんだから」

よし、いまだ、とアヤは言った。

「じゃあ水谷先生も、きっと大変だったよね、堀内先生に採点されるようにして見られるのって」

「……まあね、そりゃあそうよね」

「これからも、オトナに見られちゃうと、ほんとうの実力の半分以下しか出せないかもしれないし」

「……そうよね、うん、あの先生、まだ新米だから」

「ってことは、少し放っておいてあげたほうが、実力が出せるってことになったりして」

留美子さんはそっぽを向いて、「そうよ、そんなのあたりまえの理屈じゃない、わたしもわかってるわよ」と言う。「だから、ほんとうは今日は、しばらく自由に授業をやってくださいって言ってあげるつもりだったの。それでわざわざ来てあげたのに、本人は風邪ひいて休んでるし、わたしは代わりに講演までしてあげて……まったくもう、さんざんだったじゃない……」

不機嫌そうに立ち去る場面も、また、健のお気に入りだった。

「失敗したよなあ、なんで俺、動画を残すように段取りをつけておかなかったんだろうなあ、大失敗だよ」

子どものように地団駄を踏んで悔やみながら、ふと真顔になって言う。

「水谷先生、これからも大変なことは大変だよ」

「うん……」

「アヤちゃんだって、留美子さんの相手をするのは面倒なことばっかりだと思う」

「わかってる……」

「一発逆転って、じつは難しいよ。トータルで見れば負け越しのこととか、合計点では勝てない相手って、やっぱりいるんだよ、現実に」

でもさ、とつづける。

「一回でも相手をぎゃふんと言わせた痛快な思い出や、自分はもっとがんばれると思ったときの記憶が、しっかり胸に刻まれてれば、なんとかやっていけるんじゃないかな」

励ましてくれているのか、慰めてくれているのか、それとも寂しさを噛《か》みしめているのか、よくわからない。わからないまま、急に悲しくなってきたアヤは、逆に健に訊いてみた。

「ケンちゃんには、そういう思い出や記憶ってあるの？」

「俺か……うん、俺は……」

しばらく間をおいて、「小学校時代だな」と言った。「団地で、アヤちゃんやテツと一緒に遊んでた頃だ」

冗談だと思った。からかわれているんだとも思った。

だが、健は「ほんとだぜ」と、笑わずに念を押した。

第四章　オネスティ

1

気持ちはわかる、と坂本部長は前置きで繰り返した。

「霜田くんの気持ちはわかるんや、ほんまにようわかる。わしも十年ほど前は単身赴任で札幌やったさかいな、あんたの寂しい気持ちは、ほんまに、よーう、わかんねん」

哲也は「はあ……」とうなずき、下を向いたまま笑いを嚙《か》み殺した。二年前に関西支社に赴任してきたばかりの部長がつかう言葉は、生粋の関西弁とは、イントネーションや言い回しが微妙に違う。「なんちゃって関西弁」なのだ。本人がそれに気づいていないところが、また笑える……のだが、いまはそんな場合ではない。

念願の夏休み——哲也はもちろん、東京のアヤがなにより楽しみに待っている夏休みが、いま、存亡の危機に瀕《ひん》しているのだ。

「気持ちはわかるんや」坂本部長は、また繰り返す。「ゴールデンウィークにも帰れんかったし、週末もいっぺんも帰れんかった。夏休みこそは……いう気持ちは、ほんまに、ごっつわかる」

せやけどな、と部長はため息交じりに言った。

「とにかく時間がないねん」

哲也は黙ってうなずいた。うなずくしかない。神戸を舞台にした大型プロジェクトの進捗《しんちょく》状況はかんばしくない。土地買収が予想以上に難航して、本社では責任者の坂本部長の更迭《こうてつ》も検討されているという。

一週間の予定だった夏休みを目一杯取ることは、もうあきらめざるをえないだろう。あとは、仕事をどの程度で食い止めるか。五日……いや、せめて四日は無傷で確保しておきたい。四日あれば、初日に東京のわが家に帰って、二日目にブンちゃんのリクエストの東京ディズニーランドに出かけ、三日目にはチッキが行きたがっていた富士サファリパークに出かけ、四日目の夕方までデパートで買い物をして……最終の新幹線で神戸に戻ればいい。

ところが、坂本部長が申し訳なさそうに手渡したシフト表を見たとたん、思わず「なんなんですか、これ」と声をあげてしまった。

二日——。

たったの二日しか休みがない。

「ちょっと待ってくださいよ」

「いや、わかる、気持ちはわかるっ、せやけど、ほんま、どないもならんのや。いろいろ案配してみたんやけど、休み中のどの予定も動かせんし、霜田くん抜きではカッコがつかんものばっかりや。逆に言うたら、霜田くんは、この若さでプロジェクトの中枢《ちゅうすう》を担《にな》うエース格いうわけや、なあ、たいしたもんや」

ははは、と部長は笑う。

哲也は力なく苦笑いを返し、半ば呆然《ぼうぜん》としたままシフト表を見つめるだけだった。

＊

「……っていうわけなんだ、悪いけど」

一人暮らしのマンションから電話をかけた。

あんのじょう、アヤは「ええーっ？」と驚き、不満と寂しさいっぱいのため息をついた。

「悪いと思ってるよ……ほんと」

缶ビールを啜《すす》る。ふだんよりも苦みがキツい。

「じゃあ、一泊二日ってこと？」

「そうなるな、うん。休みの前の日も接待で飲み会だから、夜のうちに新幹線で帰るってわけにはいかないと思うんだ」

アヤの返事が止まった。涙ぐんでいるんだと、気配で察した。〈最近、ちっとも泣かなくなりました〉と得意そうにメールをよこしたのは、つい数日前だったのだが。

「でもさ、だいじょうぶだ、子どもたちとの約束はちゃんと守るから。朝イチの『のぞみ』に乗れば九時半には東京に着くから、東京駅で待ち合わせて、そのままディズニーランドに行っちゃおう」

朝イチの『のぞみ』は、新神戸発六時三十八分――マンションを出るのは五時半過ぎ、ということになる。

「二日目は、早めにサファリパークに行って、帰りにデパートに寄って、で、最終の新幹線で帰ればいいから」

最寄りの新横浜駅を二十時四十八分に出る最終の『のぞみ』は、新神戸に二十三時十九分に着く。日付が変わった頃にマンションに帰り着いて、翌朝は七時に起きて出社だ。

段取りを思い描くだけでげんなりして、床に寝ころんだ。だが、もちろん、ここで手を抜くわけにはいかない。

「どうだ？　これなら一泊二日でもブンやチッキとの約束は守れるし、時間は短くても、そのぶん密度が濃くなるっていうか、集中して、かえっていいんじゃないかな、だらだら休みがつづくより」

「うん……でも……」

「だいじょうぶだいじょうぶ、俺は平気だから」

「じゃ、なくて」

「え？」

「ディズニーランドは、先週、行ってきたの」

哲也は体を起こし、「それ、どういうこと？」と聞き返した。

「俺、聞いてないぜ」

アヤから届いたメールにも、そんなことは一言も書いていなかった。だからこそ、ブンちゃんの喜ぶ顔が見たくて、無理を承知で強行軍を組んだのだ。

「ごめん、言いそびれてたんだけど……同級生のお友だちみんなで行ってきたの」

同級生。みんな。二つの言葉が絡《から》み合って、糸が伸びるように、一つの、できれば考えたくない予感へとつながっていく。

哲也は、ワンテンポおいて、頬を意識的にゆるめてから言った。

「それってさ、もしかして、ケンも一緒にいたりするわけ？」

アヤは「うん……」とくぐもった声で答えた。「ケンちゃんの車って、七人乗りのワゴンだから」

予感が、当たった。

「あ、でも、ウチだけじゃないのよ、一緒に行ったのは。ヒロトくんちも一緒だったし、別の車でミツコちゃんの家族も行ったし」

アヤはあわてて、弁解するように言った。

むしろ、その一言にムッとして、「べつにいいけどさ」と、ビールをまた一口啜る。

さっきよりさらに苦みがキツくなり、喉《のど》にひっかかる泡もとがってきたみたいだ。

「じゃあ、まあ、そういうことなら、無理してディズニーランドに行く必要はないってことか」

すねた口調になってしまった。自分でもわかる。その口調の根っこに微妙で複雑な感情が宿っていることも。

リモコンでテレビを点《つ》けた。ナイター中継にチャンネルを合わせた。ジャイアンツは序盤から大量リードを許している。関西支社では「隠れ」を余儀なくされている生粋のジャイアンツファンとしては、サイテーの夜だ。

ちえっ、と舌打ちしてテレビを切った。

「……怒ってるの？」

アヤがおずおずと訊《き》いた。

「巨人が負けてるからな」

「そうじゃなくて……」声は、さらに細くなる。「ディズニーランドのこと、やっぱり怒ってるの？」

気を取り直して、「そんなことないよ」と言った。「ほんと、全然、怒ってるとか、そんなのないから」

実際そうなのだ。車の運転ができないアヤは、四月からほとんど遠出をしていないはずだ。健が誘ってくれて、車に乗せてくれて、よかった。きっと子どもたちも喜んだだろうし、アヤにもいい気分転換になっただろうし……。

「東京に帰ったら、ケンにお礼言わなきゃな。神戸のお土産、なにか買って帰るよ」

そうだ、これがオトナの態度というものだ、と自分に言い聞かせた。偉いぞ、テツ、余裕だぞ、と褒めてやってもいい。

「じゃあ、ディズニーランドはクリアってことで、そのぶんサファリパークで盛り上がるか」

なっ、と笑って言うと、アヤの相槌《あいづち》は「うん……」と沈んだ。

「どうした？」

「あのね……サファリパークもクリアしそうなの」

チッキは、みどりさんと約束していた。みどりさんも張り切って、来週、休みを取ってくれるのだという。

胸の中で張り詰めていたものが、ぽきん、と折れてしまったような気がした。なんだ、そういうことだったのか、と拍子抜けしてため息が漏れた。

「あ、でも、それキャンセルできると思うから、わたし、あとでおねえちゃんに電話しとく」

「いいよいいよ、忙しいのにせっかく休み取ってくれたんだから」――うまく笑えたかどうか、自信がない。

「ごめんね……ほんとに」

そんなふうに謝られるとかえってムッとするんだと、どうしてアヤはわかってくれないのだろう。

「だったら、どこに行く？　ブンやチッキが行きたいところ、どこにでも連れてってやるし、どうせ一泊するんだったら、海水浴っていう手もあるぞ」

「うん……でも、疲れちゃうから、ウチでゆっくり休んだほうがいいんじゃない？　べつにどこかに遊びに行かなくたって、パパがいるだけでブンもチッキも喜ぶと思うから」

正論だった。理屈の筋道も通っているし、優しさもしっかり溶けている。だが、その正しさと優しさが、むしょうに腹立たしくなってしまった。

「じゃあ、ごろ寝するよ」

吐き捨てるように言って、電話を切った。「おやすみ」を交わさずに電話を終えたのは、考えてみれば、これが初めてのことだった。

2

哲也が帰京する前日、アヤはチッキを連れて、駅前のショッピングセンターに出かけた。

「今日は暑いから、さっぱりしたものにしようね」

そうめんに、レンジでチンのハンバーグ、お総菜コーナーでサラダや煮物を適当に見つくろって……と決めた。キッチンで火を使いたくない。手抜きだとは思うが、とにかく今日は暑かった。八月の頭。夏の暑さのピーク。夕方になっても、アスファルトの照り返しがぎらぎらしている。

夏バテ知らずのチッキは「やきにくーっ」「ぎょーざっ」「あと、おでんたべたーいっ」と、想像するだけで汗が噴き出しそうなおかずを次々にリクエストしたが、「今度ね、また今度」と冷凍食品のコーナーに向かう。

「こんどって、いつよお」

「近いうち」

「って、あした？」

残念でした、と苦笑した。明日のおかずはもう決めてある。「ごちそうじゃなくてもいいから」とにかくフツーの家庭料理にしてくれよ。和風な、和風」という哲也のリクエストに応《こた》えて――鮎《あゆ》の塩焼き、夏野菜の天ぷら、筑前煮《ちくぜんに》、いかそうめん、野菜スティック、冷奴《ひややっこ》、シジミの味噌汁《みそしる》と空豆ごはんに、ナスの浅漬け。

「あしたはパパがかえってくるんだから、そとにごはんたべにいくんじゃないの？」

「うん、それも考えたんだけど、パパはね、神戸で一人暮らしだから、外食とかコンビニのお弁当は、もううんざりなんだって」

「ママのてりょうりが、いいの？」

「なに言ってんの、ほら、カートの前を歩いてると危ないよ、足ひっかけちゃうよ」

「ねえ、パパはあした、なんじにかえってくるの？」

「お昼過ぎみたい」

「むかえにいかないの？」

「……何時の新幹線に乗るかわからないからね」

微妙な声の翳《かげ》りを聞き分けるには、チッキはまだ幼すぎるし、なにしろガサツで大ざっぱな性格だ。一方、心配性かつ繊細、おまけに悪い方面への想像力も豊かなブンちゃんは、パパのいる二日間にお出かけをしないということだけで、「どうしたの？ケンカしちゃったの？」と不安そうに訊いてきた。そのときは笑ってごまかしたが、あいまいにうなずくブンちゃんの表情は最後まで晴れなかった。

「ママ、サバみそ、かってーっ」

サバの味噌煮の冷凍パックを指差して、チッキは言った。ブンちゃんは「くさーい」と言って箸《はし》をつけようともしないサバの味噌煮が好きなのは、チッキと、哲也。

「しょうがないなあ」と言いながら、アヤはパックを一つカゴに入れ、少し迷ってから、もう一つ足した。

ケンカをしたわけじゃない、と思う。

あの夜から二週間、何度もメールや電話で哲也と連絡を取り合ってきた。休み中は遠出をやめてのんびり過ごすということも、哲也は納得している、はずだ。

だが、あの夜電話を切ったときの微妙な気まずさは、まだ胸に残っている。哲也のそっけない声も、耳の奥に貼《は》り付いたままだった。

＊

支払いを終えて、買ったものをレジ袋に入れていたら、チッキにTシャツの裾《すそ》をツンツンとひっぱられた。

「ママ、にかいにあがっていい？」

「上がってなにするの？　なにも買う物なんかないわよ」

「だがしやーっ」

ショッピングセンターの二階に、夏休みの期間限定で駄菓子屋さんがオープンしていた。幼稚園のお友だちも、もう何人も買い物したのだという。

「チッキもいくーっ、ぜーったいにいくーっ」

腕時計に目をやった。午後から小学校のプールに出かけたブンちゃんが、そろそろ帰ってくる頃だ。

「だめよ、今日は時間ないから。明日かあさって、パパに連れて行ってもらえばいいじゃない」

「やだっ、いまいくのっ」

チッキは一人でさっさと階段に向かって歩きだした。

やれやれ、とアヤはレジ袋を提げて追いかける。最近ますます生意気になってきたチッキは、少しわがままにもなっている。パパがいないせい、だろうか。頼りないママの言うことなど聞く耳を持たない、のだろうか。

チッキは階段をダッシュ。「ちょっと待ってよ」と声をかけたが、かまわず二階まで駆け上って……すぐにまた駆け戻ってきた。

「ねえ、ママ！　おにいちゃんがいるよ！」

「はあ？」

「だがしやさんで、かいものしてるーっ、ずるーいっ」

＊

ブンちゃんは、クラスの友だち数人と一緒だった。駆けつけたアヤとチッキに気づくと、決まり悪そうにうつむいて、お菓子を入れた袋を後ろ手で隠してしまった。

「ブン、なんでここにいるの。プールは？」

「……途中で出てきた」

「なんで？　っていうか、このお菓子どうしたの？　ブン、おこづかいなんて持ってってないでしょ」

「……ナッコのパパが、買ってくれた」

ぼくのだけじゃないよ、みんなのも買ってくれたんだよ、と言い訳をつづけるブンちゃんの後ろの棚から――健が顔を出した。

「よお、アヤちゃんも遊びに来たのか？」

「ちょっと、ケンちゃん、なにしてるの？」

「なにって、うん、みんなの引率」

「……どういうこと？」

「暇だし暑いから、ナッコに付き合って学校のプールに遊びに行ったんだよ。そうしたら、ブンちゃんたちと駄菓子屋の話で盛り上がって、じゃあみんなで行ってみるかってことになってさ……いやー、けっこう面白いなあ、駄菓子屋って。すっかりガキの気分に戻ったよ」

わははは
っ、と屈託なく笑う健の隣で、ナッコは例によって、しっかりしすぎているほどハキハキした口調で「ブンちゃんのママ、こんにちは！」と挨拶《あいさつ》をする。

「……買い食い、禁止なんだけど」

「親と一緒ならいいんだろ、たしか」

悪びれた様子、まるで、なし。

「ケンちゃんは、ブンのパパじゃないでしょ」

思わず声がとがりかけたが、健は「まあまあ、そう堅いこと言わないで」と笑うだけだった。

「……ねえ、仕事なにしてるの？　なんで平日の昼間からこんなことできるの？」

何度も訊いたことだ。そのたびに、「じつは俺、私立探偵なんだ」「麻薬Gメンなんだ」とごまかされてきた。ナッコから聞き出そうとしても、「ゴクヒなんです、パパの仕事は」と、父親以上にガードが固い。

今日もまた、「売れない演歌歌手はつらいよ」とおどけて言った健は、ああ、そうだ、と口調を少しだけ真剣にしてつづけた。

「さっきブンちゃんから聞いたんだけど、明日、テツが帰ってくるんだって？」

「……うん」

「そうかあ、帰ってくるのかあ。ひさしぶりだなあ、あいつに会うのも」

無邪気に、うれしそうに言う。ケンちゃんに会う暇なんてないわよ、と言いかけるのを制して、「よーし、明日は歓迎会だ！　バーベキューだ！」と腕を振り上げる。

「やったあ！　やきにくっ！」

チッキまで、その場でジャンプした。

話が、一気にややこしくなってきた。

3

不機嫌だった。

本人は認めないだろう。「そんなことないよ」と笑うだろう。だが、川面《かわも》を見つめる横顔で、アヤにはわかる。「おい、テツ、そろそろ焼きあがるぞ」と健が声をかけても、聞こえないふりをして振り向かない背中が、いったいどういうことなんだよ、と無言で訴えている。

「アヤちゃん、ビールのお代わり持ってってやれよ」

健にうながされて、クーラーボックスから出した缶ビールを手に、岸辺に立つ哲也のもとに向かった。

「ビール、新しいの飲む？」

「……うん？」

やっと振り向いてくれた。「あ、俺の、まだあるから」と飲みかけの缶を軽く掲げて、「あとでいいよ」と笑った。

やっぱり、不機嫌だ。

「……ごめんね」

アヤはしょんぼりと肩をすぼめて言った。「ケンちゃんが強引に決めちゃって、断れなくて」とつづけると、「ガキの頃と同じだよな」と苦笑する。その笑顔に、いいかげんにしろよなあ、という不満が一瞬にじんだ、ように見える。

気持ちはわかる。はるばる神戸から帰ってきて、わが家に着いて一息入れる間もなく、河原に連れて行かれたのだ。バーベキューの支度を万端整えた健に、「おう、ひさしぶり！」と迎えられたのだ。しかも、ただのバーベキューではない。どこで調達したのか、メインは子ブタの丸焼き——健はゆうべのうちに一年二組のクラス全員に連絡をとって、ほとんどの子どもを集めていた。さらに、河原で遊んでいた関係ない子どもたちにまで「おーい、こっち来ないか」と声をかけて、三十人近いバーベキュー大会になってしまった。

「昔からそうだったよ、ケンがからむと、なんでも話が大きくなっちゃうんだ」

「だよね、フツーの鬼ごっこでも、ケンちゃんが仕切ったら、すぐにトーナメント大会とかリーグ戦とか、大げさになっちゃってたもんね」

「お祭り好きなんだよ、要するに」

やれやれ、と哲也は苦笑してビールを啜る。早起きした長旅の疲れが出てきたのだろう、あくびを嚙み殺し、目をしばたたく。

「だいじょうぶ、家に帰って休んでる？」

「いいよ、そんなの。ブンやチッキも喜んでるんだし、俺一人で家に帰っちゃったら、神戸にいたときと同じじゃないか」

冗談のつもりで言った言葉でも、アヤには笑えない。

「じゃあ、わたしと一緒に帰ろうか」

「だめだよ、ブンはともかくチッキがいるんだし、ケン一人に任せるのもナンだろ」

「うん……」

「俺も、これ飲んだら、ちょっと手伝うかな」

ビールをまた啜る。

なんとなく、寂しそうだった。

それは、アヤも同じ。

貴重な一泊二日の夏休みは、家族水入らずで過ごしたかった。特別なことはなにもしなくていい。哲也が単身赴任する以前のように、あたりまえに家族みんなでテレビを観《み》て、あたりまえに家族みんなで食卓を囲んで、あたりまえに子どもを寝かしつけて、あたりまえに夫婦でのんびりと……。

「ごめんね」

アヤはもう一度、さっきより心を込めて言った。

哲也は「いいって、ほんと」と笑い、アヤが手に持ったままだったビールの缶に、自分の缶を軽くぶつけた。乾杯のつもり、なのだろう。

「男ってさ、ケンだけじゃなくて、みんなそうなんだよ」

「って？」

「神戸でお世話になってる坂本部長も言ってたんだ、家族でなにかしようとしたら、すぐに張り切り過ぎちゃうって」

たとえば——と、哲也はつづけた。

今度の週末は家族でドライブに行こうか、と話が盛り上がったら、部長はミョーに張り切ってしまう。奥さんや子どもは「ちょっと景色のいいところをテキトーに走ればいい」という程度の期待なのに、オヤジはさっそくロードマップを広げて、コースの検討に入る。海も山も、できれば湖と高原と港の公園も……と思いきり欲張って、休憩の場所も決め、インターネットでグルメ情報やお土産情報をチェックして、前の日にはコイン洗車場へ行き、ワックスもかけて、ガソリンはもちろん満タン、カーナビの設定もすませて、「さあ、明日は早いぞ、夜更《よふ》かしするなよお」と家族に言って……。

うーん、とアヤはビールの栓を開けながら、首をひねった。「そういうのって、けっこううっとうしいかも」

「一所懸命なんだよ。せっかくのドライブなんだから、めいっぱい楽しくしなきゃ、って」

「まあ……気持ちはわかるけどね」

「で、そのドライブがどうなるかっていうと」

「つづきがあるの?」

「っていうか、オチみたいなものだけど……」

当日、まず、子どもが朝寝坊してしまう。三十分で抜けるのを前提にしていた都心の高速道路も事故渋滞。あと十分走ればお目当てのレストランがあるのに、子どもが「おしっこー!」と言いだして、どこにでもあるファミリーレストランにやむなく入る。限定商品のお土産もタッチの差で売り切れで、絶景ポイントにさしかかったときには、早起きで疲れた妻と子どもはうたた寝していて……しまいには雨まで降りだして、とどめが、帰り道の大渋滞……。

「マンガみたいだけど、想像できるね、そういうオチ」

「うん……笑っちゃ悪いけど、笑うしかないよなあ」

「でも、テッちゃんだって、似たようなところあるじゃない。最初は、一泊二日なのにディズニーランドに行ってサファリパークに行ってデパートに行って、って」

だよな、と哲也は苦笑する。

「張り切ってイベントにしなくていいのよ」

アヤはビールを一口飲んで喉を湿らせ、ほんのわずかなほろ酔いに照れくささを紛らせて、「ブンもチッキも、パパがいるだけでいいんだから」と言った。

「だよな……うん」

「もちろん、わたしもね」

ビールのおかげで、うまく言えた。だが、そのぶん、ほんとそうだよね、ずっと会えなかったんだもんね、と四月からの寂しかった日々がよみがえって、まぶたがじんわりと熱くなってきた。

哲也が「おい、ちょっと、だめ、こんなところで泣くなよ、なあ、アヤちゃん……」とあせると、そこを狙《ねら》ったように、健が二人を呼んだ。

「焦《こ》げちゃうぞーっ、お二人さん。こっちの肉も、アツアツで、ラブラブだぞーっ」

子どもたちが、どっと笑う。チッキが「ママ、パパ、はやくーっ」と手招いて、ブンちゃんも、焼きあがったトウモロコシをかじって「おいしいよーっ」と言った。

あわてて目尻《めじり》の涙をぬぐったアヤは、「いま行くから」と手を振って応えた。

哲也も、アヤの肩を軽く叩《たた》いて、「腹減ってきちゃったよ」と笑った。「バーベキューなんて、ブンもチッキも初めてだろ。楽しそうだよな」

「……そうだよね」

「子どもが笑ってるのを見られたら、それでもう十分だ、オヤジとしては。写真をいくら部屋に飾ってても、写真の笑顔は動かないから」

そんなことをぽつりと言うものだから、アヤの目頭は、また熱くなってしまう。

＊

バーベキューの参加者はどんどん増えてきた。

「どうですか、ご一緒に」

河原の遊歩道を通りかかったひとたちに、健は気軽に声をかける。遠慮するひとには「とにかくお肉はたっぷりあるし、紙コップもお皿もたくさんありますから、どうぞどうぞ」とにこやかに笑いかける。

留美子さんが通りかかって、衛生面がどうのノロウイルスがどうのと言いだしたときには、「これ、食べてみますか?」とブタの頭をヌッと差し出して、悲鳴とともに退散させた。

そんな健を、アヤは少し離れたところから見つめる。

あいかわらず、ひとなつっこい笑顔だ。笑うと、なんともいえず、こっちまでいい気分になる。認める。顔のパーツの一つひとつは決して優れているわけではないのに、それが「笑顔」の形で組み合わされると、最高のバランスになるタイプだ。

その笑顔につられたように、みんなも自然と健のまわりに集まってくる。子どもの頃からずっとそうだった。

だから、わからない。

なぜ、ケンちゃんがバツイチなのだろう。奥さんはどんなひとで、どんな理由で別れてしまったのだろう……。

健がこっちを向いた。目が合いそうになって、アヤは思わずうつむいた。

「ブタの丸焼きって、沖縄ではよくやるんですよ。ビーチパーティーっていうんです。砂浜にみんなで集まって、まだ明るいうちから飲んで食って、歌って踊って……酔いつぶれたらそのまま砂浜に寝ころんで、酔いが醒《さ》めたらまた飲んで、食って、歌って、踊って、海に入って……」

そばにいる通りすがりのおじさんに話している。

「なあ、ナッコ、ビーチパーティーってサイコーだったよな」

「うん、お父さん、ほんと、好きだったよね。知らないひとたちのパーティーでも平気で交ざっちゃって」

「みんな歓迎してくれるんだよな、沖縄のひとたちって、そういうところがサイコーなんだよ」

沖縄に住んでたわけ――？

驚いて顔を上げると、また目が合いそうになって、またもや逃げるようにうつむいた。

「あとね、北海道にはチャンチャン焼きってのがあるんですよ。知床あたりの海岸で、石を組んだ上に鉄板を載せて、鮭《さけ》を焼くんです。味噌をつけて、ありあわせの野菜も適当に焼いちゃって。これがまた美味《うま》いんですよ。もともとは漁師料理で、なんの飾り気もないんですけど、ほんと、美味かったなあ。なあ、ナッコ、おまえも好きだったよな？」

「うん、わたしは鮭よりもジャガイモにお味噌つけたやつのほうが好きだったけど」

北海道にも——？

「あとはなんだろうなあ、外で食って美味かったのは……」

「お父さん、芋煮会、忘れてる」

「あ、そうそう、そうなんだ。東北といえば芋煮会だよなあ。これがまた、もう、秋の味覚大集合ですよ。河原に集まって、大きな鍋《なべ》で芋やキノコを煮て……イノシシも入れた日には、もう、なんていうか、生きててよかったーっ、て」

この親子、いったいどういう生活を送ってきたわけ——？

そういえば六月に水谷先生を元気づけたときも、全国に知り合いがいるようなことを言っていた。

また顔を上げて、また目が合いそうになって、またうつむいて……なんで逃げなきゃいけないの、と自分にあきれて、なんとなく腹立たしくもなって、もういいや、とそっぽを向いたら、哲也と目が合った。

ブンちゃんと一緒にベンチに座っていた哲也は、やあ、というふうに笑って手を振った。たまたま目が合ったというより、だいぶ前からこっちを見ていたような様子だった。顔を上げてはうつむく、いかにも不自然なしぐさも、きっと、見られた。

アヤはあわてて笑い返して、ベンチに向かって歩きだした。黙って歩くのが気まずくなって、「いいねえ、ブン、パパがいて」と声をかけた。

ブンちゃんは屈託なく、「うんっ」と笑ってうなずいたが、哲也は、笑顔のまま、すっと、目をそらした。

4

夕方までに、子ブタの丸焼きはあらかた片づいた。入れ替わり立ち替わり、のべにして五十人を超えるひとたちがバーベキューに参加したことになる。健とナッコは、肉を取り分けたり、おとなしい子の相手をつとめたりと、休む間もなく忙しそうに、そして楽しそうに立ち働いて、すっかりみんなの人気者になっていた。

あいつらしいよな……。

岸辺のスロープに腰かけた哲也は、紙コップのワインを啜り、川面をぼんやりと見つめる。

旭ヶ丘に引っ越してきた健に、神戸で単身赴任生活を始めた哲也。四月から過ごした日々の長さは同じでも、哲也には、仕事以外の知り合いは、神戸にはまだ一人もいない。いままでは「どうせ来年には東京に戻るんだから」と気にしていなかったが、初対面のひとたちとすぐに意気投合して、別れぎわには「今度、駅前で軽く一杯やりましょう」と握手を交わす健を見ていると、自分との性格の違いをあらためて思い知らされてしまう。

そして、なにより――。

考えたくはない、考えたくはない、けれど、なにより――。

ワインをグッと呷《あお》った。もともと酒は強くない。さっきからペースが上がっている。旅の疲れだけでなく、単身赴任生活で溜《た》まっていた疲れが、背骨からじわじわと染《し》み出してきて、ひどく体が重い。

考えるのは、やめよう。自分に言い聞かせて、さらにワインを飲んだ。

「なにやってるんだ？　一人で」

考えるのをやめたのに――その当事者が、ワインの瓶を片手に隣に座った。

「なんか……かえって悪かったかな、盛り上がりすぎて」

健は哲也の紙コップにワインを注ぎ、「いま、アヤちゃんに怒られちゃったんだ」

と肩をすくめた。

「そうなのか？」

「ああ……暗くなったら花火大会しようぜって言ったら、けっこう怖い顔して、ウチは帰るから、って。そりゃそうだよな、せっかくテツが帰ってきてるんだから」

健はそう言って、「だめなんだよ、俺」と軽く首をひねった。「なんかさ、そういうところの人情の機微っていうか、デリカシーがなくて」

そんなことないよ、と哲也が言いかけたら、それをさえぎって「ガキの頃から進歩してないんだ」と笑う。「だから、テツやアヤちゃんを見てたら、なんか、うらやましくてさ」

「……逆だよ」

哲也は川面を見つめたまま、ぽつりと言った。弱音かもしれない。自分でも思う。

けれど、本音だった。

「俺はケンのほうがうらやましいよ」

「そうかぁ？」と、照れながらもまんざらではなさそうな顔をする、その単純さも含めて。

だからこそ、本音の本音の、そのまた奥の本音――さっき頭の片隅から振り払ったことを、もう一度引き戻した。

「アヤも、そう思ってるんじゃないかな」

笑いながら言えた。声も自然な感じで出せた、と思う。

だが、健は口に運びかけた紙コップを下ろして、ハハッと笑った。

「なんだよ、おまえ……心配してんのか？」

思わず頬《ほ》が火照《て》ってしまった。

ワインを一口啜ると、その火照りが胸にまで落ちていった。

かまわない。胸が火照っていないと言えないことだって、ある。

「ケンは覚えてないかもしれないけど、俺、いまでも忘れられない思い出があるんだ」

「へえ、どんなのだ？」

「俺たちが二年生の頃だよ」

哲也とアヤが二人で歩いていたら、六年生の三人組に呼び止められて、団地の奥のほうの公園に連れて行かれた。

「そいつら、カプセルおもちゃにハマってて、自分のこづかいをつかいきっちゃったから、俺たちからカツアゲしようとしたんだよ。そうしたら、ケンがたまたま来てくれて、三人組の後ろに回って、いきなり跳び蹴《げ》りとか頭突きでやっつけてくれて……」

「ああ、あったな、そんなことも」

「おまえは俺とアヤを逃がしてくれた。でも、おまえは逃げずに残って、勝てるわけないのに、自分一人で三人組を相手にして……ボコボコにやられちゃったんだ」

健は舌打ちして「ひとがケンカに負けたところなんて、すぐに忘れろよなあ」と苦笑したが、哲也は口調を強めて「忘れられるわけないだろ」と返す。「だって、おまえ、俺たちが逃げきる時間を稼ぐために、一人で残ってくれたんだから」

「……違うよ。あの三人組、前から気に入らなかったから、ここで勝負を決めよう、って気になったんだよ。それだけだ。おまえやアヤには関係ない」

ずうずうしいこと言うなって、と健に背中を軽く叩かれても、哲也は黙ってかぶりを振る。

ずっと忘れていた記憶なのだ。アヤと二人で話したこともないし、いまでも場面の細かいところまでは思いだせない。なのに、神戸に単身赴任して、アヤと健が再会したことを知らされたとき、真っ先に浮かんできたのは、その思い出だった。

「いまさら遅いかもしれないけど、あのときはありがとう」

まず、お礼で頭をぺこりと下げた。なに言ってるんだよ、やめろよ、と健は照れくさそうに顔をしかめたが、かまわず今度は「ごめんな、俺だけ逃げちゃって」と、お詫《わ》びで頭を深く下げた。

「酔ってるのか？」

「ガキの頃のことなんだけど、オトナになってからも、意外とそういうのは変わらないんじゃないのかな」

「やめろよ、もう」

「俺、自分が情けなくてさ……」

「やめろって言ってるだろ」

声が高くなった。そばにいたおばさんたちが、ギョッとした顔でこっちを振り向いた。あ、どうもどうも、すみませんお騒がせしちゃって、なんでもないんです、と愛想笑いでその視線をかわした健は、いまのやり取りがアヤの耳には届いていないのを確かめると、川面を見つめて、言った。

「テツ、おまえ、記憶が適当すぎるよ。一番大事なことが、スポンと抜け落ちちゃってる」

だって考えてみろよ、とつづけた。

「俺が三人組にやられたのを、おまえ、なんで知ってるんだ？」

「――え？」

「次の日に学校で話したとか、そんなのじゃないだろ。テツが公園に来て、俺が水飲み場で擦り傷を洗ってて……そのときに教えてやったんだよ」

そうだっただろうか。哲也は首をひねった。そんな気がする一方で、違うよ、それは別のときだよ、とも思う。二十数年も前の記憶は、やはり遠すぎる。

だが、健はきっぱりと「俺はちゃんと覚えてるから」と言い切った。

哲也は公園に戻ってきたのだ。

アヤを安全な場所まで連れて行って、自分はもう一度公園に駆け戻った。

「俺を助けようとしたのか、俺が負けるのを見越して、水飲み場まで連れて行こうとしたのか、ただの野次馬根性なのかは知らないけどな」

健は、ははっ、と笑って、「でも、戻ってきてくれたのは確かなんだ」と言った。

「そう……だったっけ……？」

言われてみれば、確かに――。

いや、しかし、健の言葉に乗せられているだけのような気もして――。

「そうなんだよ。俺を信じろ。俺はちゃんと覚えてるんだから」

健は怒った声で言って、手酌で自分の紙コップにワインをどぼどぼと注《つ》ぎ足す。そのしぐさに紛らすように、「戻ってきてくれたテツを見て、泣きそうにうれしかったのも覚えてる」と早口に付け加えた。

哲也は黙ってうなずいた。健の言葉を百パーセント信じているわけではなかったが、自分でも驚くほど素直にうなずくことができた。「サンキュー」と、さっきの「ありがとう」よりずっと自然にお礼も言えた。

「まあ、だから、戻ってくるときのテツはカッコいいんだよ。ガキの頃も、オトナになってからも、それは変わらないと思う」

哲也の紙コップにワインの残りを注ぎ足しながら、「来年の春、神戸からカッコよく戻ってこいよな」と言う。

「ああ……わかった」

ワインを啜る。頬の火照りはもう消えた。胸に落ちた火照りも、いまは、じんわりとした温もりに変わっていた。

アヤが二人に気づいて、「そんなところで、なにヒソヒソ話をしてるの？」と笑いながら近づいてきた。

健は立ち上がって、ああそうだ、と哲也に言った。

「テツがあのとき公園に戻ってきてくれた理由、もう一つあるかもな」

「……なに？」

「アヤちゃんがさ、おまえに言ったんだよ、ケンちゃんを助けに行きなさいよ、あんた一人だけ逃げるのってズルいでしょ、サイテー……って」

わははは、と気持ちよさそうに笑う。アヤも自分の名前が聞こえたのだろう、「ちょっと、なんの話？　教えてよ」と足を速め、笑みを深めて近づいてくる。

哲也は笑い返しながら、ワインをもう一口――。

胸の温もりが、どこをどう通ってきたのか、まぶたの裏に移ったのを、確かに感じた。

第五章　風立ちぬ

1

二学期が始まった。最初はどうなることかと思っていたブンちゃんも、すっかり学校に馴染《なじ》んで、「行ってきまーすっ」「ただいまーっ」の声にも張りがある。

集団登下校は一学期で終わり、二学期からはご近所の一年生もしだいに気の合う子同士のグループに分かれた。ブンちゃんは、留美子さんに言わせると『寄り道組』の一員だった。一方、留美子さんご自慢の和彦くんは、寄り道なしにまっすぐ家に帰る『まじめ組』――たった一人で「組」もなにもないんじゃないか、とアヤはひそかに首をかしげるのだが。

「おせっかいだと思うけど」

前置きして、留美子さんは言う。「寄り道って、やっぱりよくないと思うの。遊びに行くんだったら、一度家に帰ってからにしないと」

確かに、正論ではある。「ウチのカズくんを見習って」という一言さえ付け加えなければ。

「だって、いまはなにかと物騒じゃない。陽が暮れるのもだいぶ早くなってきたし、なにかあってからじゃ遅いでしょ」

「うん……」

それはよくわかる。

だが、幼稚園の頃は人見知りばかりして、いつもママの後ろに隠れていたブンちゃんが、小学校に入学してからは、目に見えてたくましくなった。まだまだ「わんぱく」と呼ぶにはほど遠いものの、ときどき膝《ひざ》小僧に擦り傷をつくりながらも元気いっぱいに帰ってきて、「ぼく、転んでも泣かなかったんだよ！」と自慢するブンちゃんを見ていると、親が先回りして「あれはだめ」「これは危ない」と子どもの好奇心を封じるのはやっぱりよくないよね、とも思うのだ。

「どうする？　ブンちゃんに寄り道させたくないんだったら、ウチのカズくんが帰りに誘ってあげてもいいわよ。どうせブンちゃんはおとなしいから、悪いコに誘われて、断れないんだと思うの。だから、カズくんが誘ってあげれば、ブンちゃんだって断りやすいんじゃない？」

ありがとう、と言うべきなのだろうか。勝手に決めつけないでください、よけいなお世話はやめてください、と言えるぐらいなら、最初から苦労はしないのだ。

「で、アヤさん、『隊長』の話はブンちゃんから聞いてる？」

「なんとなく……だけど」

一年二組の『寄り道組』を率いるのは、『隊長』と呼ばれている子だった。ブンちゃんたちは『隊長』の指示のもと、公園で木登りをしたり、河原で石投げをしたり、赤とんぼを捕ったりして、夕方まで遊ぶ。いわば、昔ながらのガキ大将という感じのリーダーなのだ。

その正体は謎《なぞ》に包まれている。

あらかじめみんなで示し合わせているらしく、ブンちゃんに訊《き》いても「なーいしょっ」と教えてくれない。「ママにも教えてくれないの？　そんなの悲しいなあ」と泣き真似《まね》をしても、「だって約束だもん」と言う。「約束を破っちゃったら、もう『隊長』は遊んでくれなくなっちゃうから」

留美子さんは、アヤの説明を聞くと、あきれはてた顔で「よくそれですませちゃうわねえ」と言った。「あなた、そんな得体の知れないコにブンちゃんを任せて心配じゃないの？」

「たぶん、上級生のコだと思うの。同級生っていう感じじゃないから、五年生とか六年生のコじゃないかなあ」

「危ないじゃない、そんなの。なにかあったら責任取れないでしょ、子どもだと」

「あ、でも……中学生とか高校生とかの可能性も……」

「似たようなもの」

「意外と、オトナだったりして」

「そのほうがもっと怖いでしょ。ロリコンって、女の子だけが狙《ねら》われるわけじゃないのよ」

留美子さんは、駅前のショッピングセンターでも、なるべく和彦くんを店内のトイレには行かせないようにしているのだという。やむなく和彦くんが一人で男子トイレに入るときにも、「一分以内よ、一分たっても出てこなかったら、ママ、助けに行くからね」と言って、ドアの前に立ちはだかる。

真似をしようとは思わないが、気持ちは、わからないわけではない。つい何日か前も、旭ヶ丘とよく似たニュータウンで、薬物常習者による子どもを狙った通り魔事件が起きていた。

「とにかく」と、留美子さんは真剣な目でつづけた。「悪い仲間からブンちゃんを抜けさせたいんだったら、いつでも相談して。カズくんは正義感の強いコだから、ちゃんとブンちゃんを守ってくれるから」

過剰な親切プラス息子自慢——そして、留美子さん自身は決して認めないはずの本音も、アヤはこっそり見抜いていた。

和彦くんがいつもひとりぼっちで学校から帰ってくるのが、留美子さんは悔しくてしょうがないのだ。クラスのリーダーになっているはずの和彦くんが、じつは友だちがほとんどいない、というのが許せないのだ。

だって、しょうがないじゃない、と言ってやりたい。

留美子さんが厳しすぎる。学校が終わるのは午後一時で、自宅のマンションまでは徒歩十分。一時十分になると、マンションの玄関前に出てくる留美子さんなのだ。帰りが五分遅れただけで「なにしてたの、ママ、心配しちゃったじゃない！」と和彦くんを叱《しか》り、十分も遅れると学校に電話をかけてしまう留美子さんなのだ。生真面目《きまじめ》というか、融通が利《き》かないというか、これでは友だちも「カズのママ、怖いもん」と寄りつかないはずだ。

だが、それでも——。

「なにかあってからじゃ遅いんだから」と念を押す留美子さんの気持ちはわかるのだ、ほんとうに。

「特にお宅はダンナさんが神戸なんだから、いっそう気をつけなきゃいけないんじゃないの？」

よけいなお世話でも、うなずくしかない。

2

秋分の日の三連休に、みどりさんがひさしぶりに泊まりがけで遊びに来た。ブンちゃんとチッキが「みどりちゃん、みどりちゃん」とさんざん甘えたあと、子どもたちが眠ってからは、おとなの時間だ。

お持たせのワインの栓を抜いたみどりさんは、「テッちゃんがいないから、愚痴をこぼす相手もいないでしょ。遠慮しないでいいから、なんでも言っちゃって、ほら、どんどん」と笑った。

ただし、それは姉の優しさ、というだけではない。その証拠に、テーブルの上には

ICレコーダーが置いてある。

「……仕事？」

「そっ」悪びれずに答える。「今度ね、ウチの雑誌で『オンナの収支決算』って特集組むことになったの」

いかにも「オンナの本音マガジン」を標榜《ひょうぼう》する雑誌らしい、身も蓋《ふた》もないタイトルだった。

「結婚したのは損か得か、子どもを産んだのは損か得か……いろいろあるでしょ、そういうこと」

それを教えてほしい、というリクエストだった。

「名前はもちろん出さないし、話のディテールもアレンジするから、ぶっちゃけ本音トークでしゃべってほしいの」

未婚のキャリア女性のコメントは余るほど集まっているのに対し、専業主婦のママが手薄だった。

「わたしの友だちもみんな結婚してないし、してても子どもいないし、子どもがいてもフルタイムで働いてるし……けっこうイビツな人脈なのよ」

「わたしはおねえちゃんの逆だなあ。ブンの同級生のお母さんでも、仕事を持ってるひととはあんまり接点ないし、チッキは幼稚園だから外で働いてるお母さんはほとんどいないし、結婚してない友だちとは、年賀状ぐらいしか付き合いないし」

「自分と似たような相手とくっつくんだよね、人間って。それがいいのか悪いのか、よくわかんないけどさ」

みどりさんは少しつまらなさそうに笑って、ICレコーダーの録音ボタンを押した。

「じゃあ、まず、子どもを産んで損したと思うことから」

すぐには答えられなかった。

人生を損得で計る発想は、自分には、ない。

うーん……とうなったまま黙り込んだアヤに、みどりさんが「損得じゃなくても、大変だよなあとか、苦労してるんだよとか、そういうのは？」と助け船を出した。

「……損してるわけじゃないけど、心配事は増えるかなあ、やっぱり子どもがいると」

「ふむふむ、たとえばどんな？」

「交通事故とか、犯罪とか……」

留美子さんの『トイレ一分厳守』と『一時十分お出迎え』の話をすると、みどりさんは口をぽかんと開け、「ギャグじゃないんだよね？」と尋ねてきた。「信じられない、なにそれ、バカみたい」

「でも……本人は純粋に、母親としてやるべきことをやってるだけだと思う」

「子どもを監視するのが、やるべきこと？」

「本人としては見守ってるんだよ」

留美子さんの行動にあきれるひとは、もちろん、いるだろう。だが、その一方で、これぞニッポンの正しい母親の姿だ、と拍手するひともいるはずだ。子どもを育ててみれば、よくわかる。「万が一」のことを考えると、なにをするにも臆病《おくびょう》になってしまう。そして、タチの悪いことには、新聞やテレビのニュースは「万が一」のことを「日常茶飯事」のように日替わりで次から次へとたっぷり紹介しているのだ。

うーん……と、今度はみどりさんがうなってしまった。

アヤはワインを一口啜《すす》って、「心配性になるのもしかたないよね」と言った。

「って、あんたが言うのもすごいけど」

「なにが？」

「だって、いつもなら、その心配性ってあんたじゃん」

確かに、それはそうなのだ。

「横断歩道を渡れない子だったじゃん、アヤは」

まったくもって、そのとおりなのだ。

横断歩道を渡るときは、信号が青になっても右を見て、左を見て、左を見ている隙《すき》に右から車が来ているんじゃないかと心配になって再び右を見て、そうなると左側が心配になって、またもや左を見て、右を見て、左を見て……気がつくと、歩行者用の信号はもう赤になってしまっている。子どもの頃は、ずっとそうだった。

そして、そんなアヤを見つけると、「アヤちゃん、ぼくが車を停めててあげるから、渡っちゃえよ」と言って、道路の真ん中で通せんぼするように立ちはだかってくれたのが、テッちゃん。

さらに、そんなアヤを見つけると、「なにやってんだよ、バカ、さっさと渡っちゃえばいいんだよ」と手を取って、青信号が点滅していてもかまわずダッシュするのが、ケンちゃんだった。

「ブンが幼稚園の頃は、まだけっこう心配性だったでしょ、あんた」

「うん……」

「小学校に入ってから、なにか心境の変化があったわけ？」

「やっぱり……テッちゃんがいないと、逆に心配してる余裕がなくなっちゃうんだよね。心配しはじめたらきりがないし、こっちが不安だらけだと、テッちゃんにも心配かけちゃうし」

「うん、わかるわかる」

「あと、自分の子どもの頃のこと思いだしても、たまに寄り道するのも楽しかったのね。ブンにもそういう楽しさ、味わわせてやりたいし」

へえーっ、とみどりさんは大げさにうなずいて、「あんたも物わかりがよくなったね」と笑った。「これならテッちゃんも安心だ、うん」

だが、さすがに辣腕《らつわん》編集者、そんな建前だけでは話を終わらせない。「ねえねえ」とテーブルに身を乗り出して、アヤの顔を覗《のぞ》き込んだみどりさん、「ケンちゃんとの再会も、意外と関係あるんじゃないのぉ？」といたずらっぽい声で訊く。

「ないないないっ」

あわてて打ち消した。

だからこそ、図星だと見抜かれてしまった。

「ある意味、子どもの頃のケンちゃんって、男の子の理想型だったもんね。わかるよ、そのノリを思いだしちゃうのって」

「……違うってば」

「今日持ってきてあげたウチの雑誌の新しい号、あとで読んでごらんよ。特集がケンちゃんノリなの。『オンナはハックルベリーがお好き?』って」

マーク・トウェインが生んだ永遠の悪ガキ——ハックルベリー・フィンのことだ。優等生タイプのトム・ソーヤーを冒険やいたずらに誘う、さすらいの少年。

「ほら、男性誌でも、ちょっと不良っぽいオヤジになりましょうってのが多いじゃない。それって、男のひとの憧《あこが》れだけじゃなくて、女のひとにもあると思うのね。やっぱり、女の子って優等生よりも不良のほうが好きじゃない」

「……かなあ」

「ま、あんたは優等生のテッちゃんを選んだわけだけどね」

みどりさんはいたずらっぽい顔のまま、「でも、息子にはケンちゃんみたいになってほしいわけだ」と笑った。

冗談なのか皮肉なのか、それとももっと深いところで釘《くぎ》を刺されたのか。どっちにしても、うまく笑い返すことができなかった。

＊

ベッドに入って、みどりさんの雑誌を開いた。最初はナイトキャップ代わりにぱらぱらめくるだけのつもりだったが、意外と特集は読みごたえがあった。

とりわけ、『編集部独身女性スタッフ選定・七人のハックルベリーたち』と題された記事が、なかなか、だった。

　ワイルドな魅力で人気急上昇中のアイドル、二十代のＩＴ起業家、一日一組限定のフレンチレストランの若きカリスマシェフ、中学卒業後に単身渡ったニューヨークを拠点に活躍するイラストレーター……そんなサムライたちが七人紹介されたあとに、『番外編』の枠で、謎のウェブ・コラムニストが登場していた。

　本名、年齢、住所、要するに正体は一切不明。唯一《ゆいいつ》明かしているプロフィールは、離婚歴一度、一人娘を引き取って暮らしている、ということだけだった。それだけなら、インターネット全盛のご時世、さほど珍しい話ではなかったが、彼のハンドルネームが妙に気になった。

＊

　翌日、寝だめをして昼前に起き出してきたみどりさんとブランチをとりながら訊いてみた。

「この『隊長』っていうひと、おねえちゃん、知ってるの？」

「うん、わたしは直接取材したわけじゃないけど」

「どんなひとなの？」

「フツーの感じのひとだった、ってライターさんは言ってたよ。三十三、四っていってたから、アヤやテッちゃんと同じぐらいだね」

『隊長』は奥さんと離婚したあと、まだ幼い娘を連れて、一年がかりで日本全国を放浪していた、という。その旅の記録をいまウェブに書き綴《つづ》って、知るひとぞ知る存在になっているらしい。

「旅日記が完成したら、できればウチの会社で単行本にもしたいから、こういう特集でツバつけとこうと思ってね」

「……そう」

「どうしたの？」

『隊長』という名前に加えて、バツイチ、娘が一人――。

夏のバーベキューで全国各地のアウトドア料理の話をしていた健の姿が、突然、くっきりと思い浮かんだ。

まさかね、と自分に言い聞かせた。いくらなんでも、まさか、だ。

「思い当たるひと、いるの？」

みどりさんは勘が良すぎる。あわてて「いないいない、いるわけない」とかぶりを振った。こういうときのお芝居は、われながらへたくそで嫌になってしまう。

「あ、それでね、おねえちゃん」——話を変えよう。

「今日、ブンは友だちと遊びに行っちゃったから、ドライブ、チッキと三人になっちゃうんだけど」

昨日、学校の帰りに『隊長』と約束したらしい。旭ヶ丘のはずれの自然公園までハイキングする。お昼は『隊長』が材料を用意して、自炊コーナーでカレーライスをつくるというから、やはり『隊長』はオトナなのだろう……と思うと、さっきの「いくらなんでも、まさか」が、じわじわと揺らぎはじめた、そのとき——携帯電話が着信メロディーを響かせた。

3

電話は留美子さんからだった。涙交じりの金切り声——和彦くんが行方不明だという。

「って、大げさすぎない? 買い物の帰りが遅いってだけのことでしょ?」

マンションの来客用駐車場から車を出しながら、みどりさんはあきれ顔で言った。

「でも、カズくんって寄り道しない子だから」と助手席のアヤが返すと、「あんたまで深刻な顔しちゃって、どうするの」と笑われた。

「だって……」

「わかったわかった、一緒に捜してあげるから、ほら、涙目にならないの」

リアシートから、チッキが「ドライブ、どこいくの？」と訊いてきた。

「今日はねえ、間抜けな男の子の捜索隊だよーっ」

「そーさくたい？」

「そっ、お人好《ひとよ》しのママが引き受けちゃった捜索隊」

苦笑交じりのみどりさんの言葉に、アヤはしょんぼりと肩を落とす。実際お人好しだと自分でも思うから、なにも言い返せない。

捜してきてよ、と留美子さんに言われたのだ。だってほら、わたしは家にいてカズくんを待ってあげなきゃいけないし、もし入れ違いになったら困るじゃない、ダンナは今日ゴルフだし、お願い、アヤさん、あなたしか頼めるひといないのよ、ちょっと捜してきてよ……一息にまくしたてた言葉の中で、いちばん本音がこもっているのは「あなたしか頼めるひといないのよ」だったから、引き受けた。

「じゃあ、近所を回ってみる」と答えたアヤに、感謝感激するどころか、「近所だけじゃだめよ、街じゅう捜してくれないと」と言う留美子さんではあるのだが、とにかく、弱みを見せられる相手がアヤ一人だということだけは確かなのだから。

「さて、チッキ隊長、まずは駅前から捜索しましょうか」

みどりさんが言うと、チッキは「そーさく、かいしっ！」と元気いっぱいに声を張り上げた。

＊

一時間たった。旭ヶ丘の街をあらかた回ってみたが、和彦くんはまだ見つからない。留美子さんからの「ねえ、まだ？」の電話はしだいに間隔が狭まって、声もせっぱ詰まってきて、ついさっきは「本気で捜してくれてるの？」とまで涙声で言われた。

みどりさんにも、冗談や皮肉を口にする余裕はなくなった。男の子を見かけるたびに「あの子は違うの？」と指差しては、「また空振りかあ……」とため息をつく。

子どものいないみどりさんは、意外と勘が悪いというか、子育てのリアリティに欠けるところがある。「小学一年生の男の子の背丈」がうまくイメージできていないのだろう、指差す子どもは、大きすぎたり小さすぎたりで、ちっとも一年生に当たらない。

「しっかりしてよ、おねえちゃん。ブンの同級生なんだし、体つきも同じぐらいなんだから」

「だって、そんなの、他の子と比べて見たことないんだもん」

口をとがらせたみどりさんは、ハッとした顔になって、車を路肩に停めた。

「ね、アヤ……ブン、今日どこに行ってるんだっけ」

「だから、『隊長』と一緒に……」

答えかけたアヤも、ハッと目を大きく見開いた。

可能性、あり――。

「道、わかるの？」

「なんとなく……だけど」

「ナビ、よろしくっ」

車はタイヤを鳴らして急発進した。

＊

旭ヶ丘自然公園は、名前どおり、ニュータウン開発前の緑豊かな丘陵地の面影をそのまま残した広大な一角だった。

春はヤマザクラのお花見、夏は自然の渓流を利用した『じゃぶじゃぶプール』での水遊び、秋がもう少し深まると森は紅葉で赤や黄色に染まり、木々が葉を落としたあとの冬場にはバードウォッチングが楽しめる。

バーベキュー広場は、その森を抜けた先にあった。

「お昼ごはんはみんなでカレーをつくるって言ってたから、たぶん、そこにいると思うんだけど」

「じゃあ、ハイキング気分で、行ってみますかぁ」

みどりさんはチッキの手を引いて歩きだした。

アヤは車を降りたところで立ち止まったまま、携帯電話をグッと握りしめた。

「おねえちゃん……ちょっと電話してみていい？」

「電話って、誰に？」

「だから……『隊長』に」

「なに、あんた『隊長』のケータイ知ってんの？」

「知ってるわけじゃないけど……もしかしたら、って」

「はあ？」

説明している暇はないし、説明するとかえって自分でも混乱してしまいそうな気がする。だから、怪訝《けげん》そうなみどりさんにかまわず、携帯電話を開いて、アドレス帳を呼び出した。

液晶画面に表示されたのは――〈新庄健〉。

電話はすぐにつながった。

「おう、アヤちゃん、どうした？」

のんきな様子で言う健の声の後ろに、子どもたちのはずんだ声が聞こえた。

「あのね……もしかして、なんだけど……ケンちゃん、いま、自然公園にいちゃったりする？」

「え？ なんで知ってんの？」

予感が当たった。

「あれぇ、まいっちゃうなあ、ブンがしゃべったのか？ ぜーったい極秘だって言ってたんだけどなあ……」

「聞いたわけじゃないわよ」

「あ、そうなの？」

「あと、ひとの子どもを呼び捨てにしないでくれる？」

ムッとしていた。理由はよくわからない。ただ、自分の知らないところで健がブンちゃんを遊びに連れ回し、「ぜーったい極秘」なんて約束して、しかもそれをブンちゃんが律儀《りちぎ》に守っているというのが、むしょうに腹立たしい。

だが、いまは、それを言いだす前に──。

「ねえ、まさかとは思うんだけど、いま、カズくんも一緒にいる?」

健はあっさり「いるよ」と答えた。あせった様子も悪びれた様子も、いっさいない。

「無理やり誘ったの?」

「……無理やりなんかじゃないよ。みんなでバス停まで歩いてたら、たまたまカズが通りかかって、せっかくだから一緒に行こうぜ、って」

「誘ったんでしょ?」

「いや、だから、誘ったのは誘ったんだけど、あいつが自分で決めたんだし……」

言葉が一瞬途切れ、「あーっ、ヤベえっ!」と甲高い声が響いた。

「忘れてたよ、俺」

「なにが?」

「かーちゃんに電話してやるって言ったんだ、うん、カズが自分じゃ電話できないって言うから、俺が代わりに……って約束したら、ちょうどバスが来て、着いてからにしようと思ってたんだけど……」

「電話、忘れちゃったの？」

「うん、なにかと忙しくてさ、ついつい」

頭がクラッとした。

「どうした？　アヤちゃん、なんか絶句してるけど」

のんきだ。とことん、このひとは……こいつは、のんきで、アバウトで、忘れっぽくて、子どもの頃から伝言を頼んでも伝わったためしは一度もなくて……。

「バカッ！」

思わず叫んで電話を切った。

4

「なるほどねえ、そっかあ、旭ヶ丘の『隊長』さんはケンちゃんだったのかあ」

森を突っ切る遊歩道を歩きながら、みどりさんはなつかしそうな微笑《ほほえ》みを浮かべた。

「笑いごとじゃないわよ」とアヤがため息をついても、「だって、いかにもケンちゃんらしくていいじゃない」と、二十年ぶりの再会にウキウキした様子で、チッキとつないだ手を大きく振る。

「カレーライスつくってるって言ってたよね。わたしたちもごちそうになっていいの？」

「……知らないって」

「なに怒ってんのよ。いいじゃないない、カズくんも見つかったんだし、お母さんにも連絡したんだし、一件落着でしょ？」

しないいしないしないい、と三連発で首を横に振った。

いまごろ留美子さんは、怒りの形相で車をとばしているだろう。よけいなトラブルに立ち会いたくなくて「わたしが連れて帰るから」とアヤが言っても、「いい、自分で行くっ、新庄さんに一言文句言わなきゃ気がすまないでしょっ！」と譲らなかった。

これは、もめる。確実に、間違いなく、もめてしまう。

「怒ったときの留美子さんって、ほんとに手がつけられないんだから。話もどんどん大きなスケールにしちゃって……幼稚園の頃も、ちょっと先生がカズくんをケガさせただけで、保護者会から園長先生から、最後は市役所の児童課まで巻き込んで、大変だったんだよ」

「……サイテーの母親だね」

みどりさんは、やれやれ、と苦笑する。

「でも、一所懸命なひとなのよ、留美子さんは」

かばうつもりはなかったが、全身全霊をかけて、一分の隙もなく、子どもを完璧《かんぺき》に育て上げていくのが親の責任――留美子さんの信念には迷いがない。たとえそれが周囲を辟易《へきえき》とさせていても、迷いがないという一点で、留美子さんはたいしたものだ、とも思うのだ。

「なんか、親をやるっていうのも大変だね」

みどりさんは言った。さっきまでとは違って、素直に同情する口調だった。

「ウチのお父さんとかお母さんとか思いだしても、昔の親って、もっと気楽に子どもを育ててたような気がするけどね」

「しょうがないよ、いまはそういう時代なんだから」

なにげなく応《こた》えると、みどりさんは足を止めて、アヤを振り向いた。

「そういう時代って、どんな時代ってこと？」

「え？」

「みんな言うのよ、若いママに取材すると。いまは昔とは違うんだ、いまの時代の子育ては昔と同じわけにはいかないんだ、って。でも、じゃあ、昔とどこがどう違うんですかって訊いたら、みんな黙っちゃうの。あんただったら、どう答えるの？」

「それは……だから……いろいろ事件とかもあるし……」

「でも、昔だって誘拐とか交通事故とかあったよ」

「子どもの数も減ってるし……」

「わたしやアヤの頃もそうだったじゃない。知ってる？　ニッポンの少子化って、一九七〇年代から始まってるんだよ」

アヤがそれ以上言葉をつづけられないのを確かめてから、みどりさんは「わたしは親じゃないからわからないけど」と前置きして、歩きだしながら言った。

「昔といまの違いって、子どもをめぐる環境じゃなくて、むしろ親のほうにあるんじゃないかなあ、って思うけどね」

その言葉にも、アヤはなにも応えられなかった。

＊

バーベキュー広場に着いたみどりさんは、デジタルカメラでバーベキューの様子を撮っていた若い女性を見かけて、「あれ？」と声をあげた。「なんで伊藤《いとう》ちゃんがここにいるの？」

彼女の方もみどりさんに気づくと驚いた様子で会釈《えしゃく》をして、「いま取材中なんです」

と言った。

　みどりさんはアヤに「ウチで仕事をお願いしてるライターさん」と伊藤さんのことを紹介して、「さっき言った『隊長』さんの取材をお願いしてて——」とつづけかけて、絶句した。

　みどりさんの雑誌で追いかけている『隊長』と、旭ヶ丘の『隊長』は同一人物——要するに、バツイチパパと一人娘の旅日記をウェブで書き綴っていたのは、健だったのだ。

　だが、思わぬ展開に驚く間もなく、事態は風雲急を告げていた。

　アヤの携帯電話が鳴った。留美子さんが公園に着いた。「いまからすぐに行くから」と言う声は、さっきと変わらず、いや、それ以上に怒りに満ちていた。

＊

　息せき切ってバーベキュー広場に駆けつけた留美子さんは、「ああ、どーもどーも」とのんきに笑う健をキッとにらみつけ、和彦くんに目を移すと一転、顔をくしゃくしゃにして抱きついた。

「カズくん！　カズくん！　もう、ママ、心配してたのよ！　ほんとに……ほんとに、心配してたんだからね！」

最初はすねたように身をこわばらせていた和彦も、ママに抱きすくめられ、ママの涙を見て、「ごめんなさい……ごめんなさい……」と泣きだしてしまった。

だが、結果オーライで話は終わらない。終わるわけがない。和彦くんとの涙の抱擁を終えた留美子さんは、真っ赤な目で健をあらためてにらみつけ、「どういうことですか」と、とがった声で言った。「あなた、それでもオトナなんですか」

さらに、留美子さんの怒りは他の子どもたちにも向く。

「誰が誘ったの！　カズくんを無理やり遊びに誘ったの、誰なの！」

「自分からでーす」

ナッコが言った。『僕も行きたいなあ』って言うから、『じゃあおいでよ』ってなったんだもん」とつづけると、子どもたちは一斉にうなずいたが、留美子さんはそんなことでは引き下がらない。

「嘘《うそ》よ！　カズくんはお買い物の帰りだったのよ！　そんなこと言うわけないでしょ！　あんたたちがそそのかしたのよ！　カズくんは優しいから、断れなかったの！」

そんなことない、と言い返しそうな顔になったナッコを制して、健が笑った。

「すみませーん、隊長命令で連れてきちゃいました」

「なに笑ってるんですか！」

「……どうも、その、生まれつき、こういう顔なもんで」

「あなた、これ、誘拐ですよ！　警察に連絡してもよかったんですよ！」

「……すみません」

健は素直に謝りつづけた。「じゃあ、本人に訊いてくださいよ」とは、最後まで言わなかった。代わりに、留美子さんに「よかったら、カレー、食べていきませんか」と誘ったが――もちろん、留美子さんは「けっこうです！」と断り、和彦くんの手を引いて、さっさと帰ってしまった。

＊

「なんで、もっとガツンと言わなかったの？」

紙の皿によそったカレーを食べながら、みどりさんは不服そうに健に言った。「わたしなんか、キレちゃう寸前だったよ」

健は、まあまあ、とみどりさんをなだめ、アヤに目をやって苦笑した。

「子どもと会って泣いてるお母さんには、なにも言えないよ、俺」

ぽつりと言った一言には、留美子さんへの腹立たしさはなかった。むしろ、あまりにも一途な留美子さんへの微妙なうらやましさや、そして寂しさも、にじんでいた。

だから、アヤも、その言葉を引き取ってつづけた。

「おねえちゃんには、わからないんだよ。子どものことで心配する親の気持ちって」

「なによそれ、『負け犬』差別？」

「……そういうわけじゃないけど」

「あーあ、親って、ほんと、メンドいよねえ……」

そうかもしれない。「あんなことしてると、子どもがダメになっちゃうと思うけどね」とため息をつくみどりさんの言うことも、よくわかる。だが、留美子さんのめちゃくちゃな身勝手さも、まったくわからないわけでもない——というところが、ほんとうに難しくて、メンドいのだ。

やれやれ、とアヤはため息に蓋をするように、大きなジャガイモを頬張った。

「美味《うま》いだろ、このジャガイモ」と健が言った。

「うん……」

「これ、カズが皮を剝《む》いたんだ。皮剝き器を使ったんだけど、こういうのするの初めてだって言って、楽しそうだった」

「そう……」

「食わせてやりたかったな、留美子さんにも」

健は自分の皿のカレーを一口食べて、「ジャガイモ、ほんとうに美味いんだけどなあ」と、寂しそうに笑った。

第六章　ホームバウンド～早く家に帰りたい～

1

ひさしぶりに見る朋之は、以前にも増して溌剌《はつらつ》としていた。最初は「本社さんの人材の厚み、拝見やな」と少し斜に構えて会議室に集まった関西支社の面々も、パワーポイントをみごとに使いこなした朋之の説明に、感心を通り越して、圧倒されてしまったようだ。

哲也もメモを取る手を休めて、感嘆のため息交じりに朋之を見つめた。

いつもは営業本部長が東京から大阪に来ておこなう定例の営業戦略計画のレクチャーを、今月は朋之がつとめた。営業本部の序列からすると、大抜擢《ばってき》だ。しかも、風邪で寝込んだ部長のピンチヒッターというのだから、急きょ決まった話なのだろう。だが、そんな舞台裏のバタバタを微塵《みじん》も感じさせない堂々とした様子で、朋之は本社の営業戦略計画を手際《てぎわ》よく、かつ熱意ある口調で説明する。

たいしたものだ。素直に思う。もしも自分が同じ立場になったら、ここまできちんと資料をまとめあげることができたかどうか……いや、それ以前に、部長が自分を指名してくれたかどうか……まったく自信はない。

ツンツン、とシャープペンシルの先で肘《ひじ》をつつかれた。

振り向くと、隣の席の今田課長が、小声で言う。

「霜田くんと内藤くん、同期入社なんやて？」

「ええ……本社では机を並べてました」

「ちゅうことは、アレか、三十ちょっとか」

「三十三です」

「いやあ、なかなかのもんやなあ、内藤くんも。まだヒラなんやろ？」

哲也は黙ってうなずいた。肩書きだけなら、主任の哲也のほうが一歩リードしている。だが、そのポストは、関西支社への異動と引き替えに得たもので、純然たる昇進と言っていいのかどうかわからない。

東京本社営業本部のヒラと、関西支社神戸営業所勤務の主任――どちらが上なのか、微妙なところだ。

「さすがに本社が送り込んできたエリートさんや、わしらもかわいがってもろたほうが得やな」

今田課長はそう言って、「今夜のメシ、お好み焼き屋からふぐ屋に変更や。てっちりでも食うてもろうて東京に帰ってもらわんと」とつづけた。「松竹梅の竹コース奮発やで」

関西支社採用の今田課長は、生まれも育ちも大阪——コテコテの大阪人ならではの、身も蓋《ふた》もないノリだ。

「せやけど、ほんまアレやな、瘦《や》せても枯れても本社や、若手の人材も豊富なもんや。霜田くんを筆頭に、やで」

へヘッと課長は笑う。本音なのかジョークなのかイヤミなのか、そういうところのわかりづらさが、なんというか、とにかく……関西って難しいよなあ、とも思う。

「霜田くんも負けてられへんなあ。ライバルの晴れ姿見て、ファイト燃やしてがんばらなあかんで」

「はあ……」

やはり、さっきのはイヤミだったのだろう。

単身赴任生活も半年を過ぎた。神戸のプロジェクトの進捗《しんちょく》状況は、順調とは言いがたい。予定どおり本部長が大阪を訪れていたら、そろそろ今日あたり、責任者の坂本部長ともどもキツいハッパをかけられていただろう。

もしも神戸を担当するのが朋之だったら——。

ふと思い、あいつにだって無理だよ、とため息をついた。朋之の実力を認めていないわけではない。それでも、俺がここまでがんばっても苦労してるんだから、朋之にも無理に決まってるだろう、あたりまえじゃないか、と自分に言い聞かせたとき——朋之と目が合った。

あわてて、まるでデキの悪い高校生のようにうつむいた。一瞬、胸の内の思いを見透かされた気がしたから。

＊

結局、今田課長が取り仕切った「打ち合わせ」名目の朋之の接待は、ふぐの松コースに昇格した。

哲也は店に行かなかった。部課長以上限定の酒席だ。主任は、ぎりぎりのところでアウト。そういう細かいケジメをつけるところが、ニッポンの会社の良さなのか悪さなのか……どっちにしても、メンバーからはずれて助かった、というのが哲也の本音だった。関西支社の面々が朋之を上座に座らせてヨイショをするところなど、見たくない。

夕方にレクチャーが終わるとすぐに神戸の営業所に戻り、たまっている仕事を一人で黙々とこなしていたら、アヤから電話がかかってきた。

「ごめん、仕事中だった？」

「いや、べつにいいけど……どうした？」

「あのね、内藤さんといま一緒にいる？」

「俺は仕事があるから神戸に帰ったけど、連絡なら、ケータイでつくと思うぜ」

「あ、じゃあ、伝言頼める？」

「はあ？」

「伝言の伝言なんだけど……留美子さん、なにか大阪ならではのものをお土産に買ってきて、って内藤さんに伝えてほしいって」

「なんだよ、それ。そんなの自分で言えばいいだろ」

「わたしもそう思ったんだけど、ちょっとね、どうも……その……あんまりうまくいってないみたいなの」

「あの二人が？」

「そう、ずーっと口もきいてないんだって、最近は」

驚いた――それは、もちろん。だが、頭の片隅には、「ついに……」という冷静さもあった。

控えめな朋之のことを留美子さんがもどかしく思っていることは傍目にもよくわかったし、逆に、留美子さんのずけずけとしたモノの言い方に朋之が辟易《へきえき》している場面にも何度も出くわしてきた。

「お土産買ってきてっていうの、留美子さんにしたら、せいいっぱいの仲直りのサインだと思うの。だから、悪いけど内藤さんに伝言してくれる？」

「……伝言だけだぞ、よけいなこと言わないからな、俺は」

釘《くぎ》を刺して、電話を切ると、一息つく間もなく、当の朋之から電話がかかってきた。宴会の途中だという。トイレに立ったついでに、部屋の外からかけている、らしい。

「あとで会えないかな」

「……悪い、俺、もう神戸に帰ってるんだ」

だが、朋之は「俺のほうから神戸に行くよ」と言う。

「無理だよ、そんなことしたら今日中に東京には帰れないぞ」

「いいんだ。神戸にホテルとるから」

「……帰らないのか」

「ああ」

きっぱりとした口調だった。あわてて留美子さんの伝言を伝えても、動揺も困惑もなく、「明日、適当になにか買っていくよ」と言う。

「こっちの飲み会が終わったらすぐに神戸に行くよ。メシはすんでるし、店なんかどうでもいいから……とにかく、ひさしぶりにゆっくり話したいんだ」

どんなことを、とは訊《き》けなかった。黙って話を聞いてやるしかないよな、と覚悟を決めた。

いや、愚痴を聞くだけならいい。もしも朋之に「どうしよう」と相談されたら、なんと答えればいいだろう。「離婚してやり直したほうがいいんじゃないか」と言うと、いくらなんでも無責任だろうか。いや、それとも「子どもだっているんだから、元のサヤに収まったほうがいいぜ」と答えるほうが無責任なのだろうか……。

結論を出せないまま、とりあえずアヤに伝えておこうかと携帯電話を手に取ったが、ため息交じりに、電話を机に戻した。話を大げさにしないほうがいい。留美子さんは八つ当たりまがいにヒステリックに騒ぎ立てるはずだし、それをアヤが一人で受け止めなきゃいけないのかと思うと、想像するだけでげんなりする。

仕事のつづきに取りかかりながら、ため息を、またついた。

朋之のために親身になって相談に乗ってやりたい。その思いに嘘《うそ》はない。

だが、そう思う一方で、今田課長の言葉もよみがえってしまう。

霜田くんも負けてられへんなあ——。

関係ない、関係ない、そんなの全然関係ないって、俺たちはただの同期なんだし、だいいち、なんだよそれ……。

仕事をつづけた。集中した。よけいなことは考えなかった。テンキーを叩《たた》いて数字を入力した。キータッチのミスばかり繰り返した。

2

三宮駅前の居酒屋で、飲んだ。

最初のうちは、会社の話ばかりだった。心配していたとおり、東京の本社では神戸のプロジェクトの遅れが問題になりつつあるのだという。

「関西支社の案件っていっても、実質的には坂本部長と霜田の二人でやってるようなものだろ。それは無理だよ、どう考えたって。スタッフを増やすしかないって」

そうそう、そうなんだよ、ほんと、なんとかしてほしいんだよ――本音では相槌《あいづち》を打ちたかったし、もっと本音では「本社からもガツンと言ってくれよ」と訴えたかったが、それをグッとこらえて、「俺の動きが悪いんだ、もっと地元に食い込まなきゃな」と言った。弱音は吐きたくない。朋之の前では、なおさら。

「じつはな、本社で、テコ入れの話もあるんだ」

「ひとを増やすのか？」

「それもあるけど……入れ替えも、考えてるらしい」

朋之はくぐもった口調の名残を洗い流すように、ビールを勢いをつけて飲んだ。逆に、哲也は口に運びかけていた中ジョッキをカウンターに戻し、朋之の横顔を見つめる。

「入れ替えって、坂本部長か？」

「いや……坂本さんをはずしちゃうと、ゼロからやり直しみたいなものだから……それは、ない」

ということは――。

考えるまでもなかった。

「選手交代ってわけか」

　無理に頬をゆるめて言った。悔しさや失望はにじませなかったつもりだが、声は自然と沈んでしまった。

「誤解しないでくれよ」あわてて朋之は言う。「霜田にマイナス評価がついてるわけじゃないんだ、おまえはよくやってるよ、がんばってるよ、週末も東京に帰らずに必死にやってくれてる、それは本社もわかってるんだ」

「本社」という言い方が、微妙に耳に障《さわ》る。「俺はこっちで、おまえは向こう」と線を引かれたような気がする。そんなつもりで言ってるわけじゃないんだ、と理屈ではわかっていても、頭で組み立てた理屈の届かない胸の奥に、苦い思いがある。

「霜田にとっても悪い話じゃないんじゃないか？　東京に帰れるんだから、アヤさんも喜ぶだろ。文太くんや千秋ちゃんだって、やっぱりパパがいないと寂しがってると思うし」

　それは――確かに、そう。

「本社もおまえの家族のことはずっと気にしてたんだ。だから、なるべく早く東京に戻すつもりだったんだよ。そのタイミングがちょっと早くなったっていうだけだ」

　査定にマイナス点がついたわけじゃない、と朋之は念を押して、ポストの話も伝えた。本社に戻っても主任の肩書きは変わらない。これなら、間違いなく昇進になる。一瞬ふわっと胸が浮き立った。われながら情けない。そのセコさを見透かされたくなくて、朋之から目をそらし、「でもなあ……」と言った。「やりかけの仕事、たくさんあるんだよなあ、こっちで」

「わかってる。だから、これはトップダウンじゃなくて、霜田の意志優先の話なんだ。おまえがもうしばらく神戸で粘りたくて、状況が前に進みそうな手応《てごた》えがあるんだったら、いまの話は忘れてくれてかまわない。でも、もし、東京に帰りたい気持ちのほうが強いんだったら、すぐに本社も動く」

アヤの顔が浮かんだ。ブンちゃんとチッキも、こっちを見て、うれしそうに笑っている。「パパ、お帰りーっ」と三人そろった声まで聞こえた。

「……代わりに、誰が神戸に来るんだ?」

気持ちが、一歩、東京に戻った。

朋之は少し間をおいて、言った。

「部長は、俺を考えてるみたいだ」

驚いて、また朋之を振り向いた。今度は朋之のほうが、すっと目をそらす。

いくらマイナス評価ではないと言われても、これでは、どう見てもこちらの負けになってしまう。

「いや、でも……内藤だって困るだろ、単身赴任だと」

するとと、朋之は目をそらしたままビールを呷《あお》るように飲んで、「俺はかまわない」と言った。「部長から話をもらったら受けるつもりだし、もしなにも言われなくても……自分から手を挙げるつもりだ」

「単身赴任、したいのか？」

「ああ、したい」

「なんで……」

朋之は空になったジョッキを手に持ったまま、そのジョッキをじっと見つめながら、「距離をおきたいんだ」と言った。

誰と――とは、訊かない。哲也は手振りで店員を呼び寄せて、ビールのお代わりを注文した。

＊

とりたてて決定的な出来事があったわけではない。

だからこそ、事態は深刻なのだろう。

朋之は酒の酔いが回るにつれて、しだいに本音を口にするようになった。

旭ヶ丘ニュータウンに引っ越してくる前の留美子さんは、確かに勝ち気な性格ではあったものの、ここまでとげとげしくはなかったのだという。

和彦くんが生まれてから、変わった。

ローンを組んでマンションを買ってから、さらに変わった。

「なんていうのかな、あいつはあいつなりにプレッシャーを感じてると思うんだ」

「でも……ローンの支払いは、べつに苦しいわけじゃないんだろ？　和彦くんだって、私立の受験は残念だったけど、勉強もできるし、中学受験はだいじょうぶだろ」

「そういうんじゃないんだ。そういう具体的なプレッシャーじゃなくて、もっと根が深いっていうか……」

たとえば、子どもができる。たとえば、わが家をかまえる。そういうときに誰もが胸に抱くのは、「がんばろう、幸せになろう」という前向きな意欲だ。

「でも、留美子は違うんだ。違うっていうか、前向きになって、突っ走って、突っ走りすぎて、グルッと逆さまになっちゃうっていうか……」

「がんばろう」が、「がんばらなきゃいけない」になってしまう。「幸せになろう」が、「幸せにならなきゃいけない」になってしまう。留美子さんが背負っているのは、そういうプレッシャーだった。

和彦くんがテストで九十点を取ったとする。八十点を目標にしていたのなら「よくがんばったね」と褒めてやれる。だが、最初から百点を取ることがノルマになっていたら、九十点では「なにやってるの、しっかりしなさい」になってしまう。そんなことの繰り返しなのだという。

「俺はいまの生活をじゅうぶん幸せだと思ってる。でも、留美子は違うんだ。もっと幸せにならなきゃいけない、もっと、もっと、もっと……って、果てがない。でも、じゃあ、どんな幸せが欲しいんだって訊いても、答えられないんだ。サラリーマンの給料には限界があるし、和彦だってなんでもかんでも一番になれるわけがない」

それは留美子さんにもわかっている。わかっていても、「もっと！」の思いが消えない。向かう先が見えないまま、ひたすらエンジンを空ぶかししているようなものだ。

「……留美子さん、仕事に出たらどうなんだ？」

「俺もそう言ったんだ。本人も考えてはみたらしいんだけど、まだ和彦も小さいし、就職先は派遣とかパートぐらいしかないだろ。それじゃ、かえって逆効果なんだ。あいつはプライドが高いから、他人から『家計の足しに勤めに出た』なんて思われたくないんだ。でも、和彦に手がかからなくなった頃には、今度は自分の歳《とし》が年齢制限にひっかかる。キャリア志向の専業主婦って……はっきり言えば、いちばんキツいよ」

だから、と朋之はつづけた。

「俺にも留美子のキツさがわかるから、なんとかフォローしてやりたいと思ってたんだ。でも、もう……限界だよ、はっきり言って……」

3

明日、一泊二日の出張で東京に帰るから——。

電話で伝えてもよかった。思いがけない知らせにアヤは大喜びするはずだし、坂本部長も勤務中の私用電話に目くじらを立てるほどヤボなひとではない。

それでも、哲也はメールを選んだ。はずんだ声を聞くのが、いまはキツい。

「どないしたんや、霜田くん。なにをクラい顔しとんねん」

坂本部長が声をかけてきた。にこやかな顔と声だった。プロジェクトは難航していても、いや、難航しているからこそ、キープ・スマイルを忘れない上司だ。

プロジェクトの担当替えのことも、「ええ話やないか」と部長は言うのだ。「沈みかけた船に付き合うことないて。霜田くんはようがんばってくれた。ほんまや。それはワシが認める。専務にもよーう言うとく。きみはベストを尽くした。せやけど……この不況のご時世や、こっちの努力だけではどないもならんことはあるんや……」

哲也もそう思う。言い訳でも負け惜しみでもなく、決して仕事に手を抜いたわけではなかった。平日はもちろん、週末にも東京のわが家に帰らず、ひたすらプロジェクト実現に向けてがんばってきたのだ。

「胸を張って本社に戻ればええんや」

「……いえ、でも……それは……」

「仕事のことだけやない。奥さんや子どもさんのことを考えても、ここで東京に帰るんがベストや。そうやろ?」

違う、とは言えない。

明日からの本社出張では、初日にプロジェクトの進捗状況を報告したあと、二日目の朝イチで新規事業開発担当の専務と会うことになっている。そこで本社復帰の話も出るはずだ。哲也が「わかりました」と一言答えれば、それで話は決まり、後任の朋之は速やかに単身赴任の準備にとりかかることになる。

「ええやないか、内藤くんも志願して神戸に来るんやろ? 無理やり貧乏クジを引かせるんと違う。内藤くんにも彼なりの勝算や戦略があってのことやろ。ほな、任せたらええん違うか？」

いえ、そんなカッコいいものじゃなくて、キツい奥さんから逃げるだけのことなんですが……とは、もちろん、言えるはずもない。

黙り込んだ哲也に、部長は念を押すようにつづけた。

「まあ、単身赴任は一日でも早う切り上げたほうがええ。会社のほうが『帰ってこい』言うてくれとるんやから、素直に『はい』言うたらええがな」

哲也は小さくうなずいた。

だが、「はい」とは言えなかった。

＊

翌日、哲也は東京駅に着くとそのまま会社へ向かい、一服する間もなく会議室でプロジェクトの進捗状況を報告した。いつもなら上層部は営業部長まで、せいぜい取締役の営業本部長が同席するぐらいのものだが、今日は専務と常務もいる。険しい顔で哲也の報告にじっと聞き入って、数字のわずかな曖昧《あいまい》さも見逃さず、厳しい質問を次々に放ってくる。

報告会議が終わると、上層部はそのまま別室で取締役会議に入った。おそらく、そこでプロジェクトの今後が話し合われるのだろう。神戸の現場で感じている以上に、本社はこのプロジェクトに危機感を抱いているようだ。大規模なてこ入れ策を講じるのか、あるいは、噂《うわさ》どおり撤退なのか……。

哲也の今日の仕事は、とりあえず、これで終わった。まだ夕方五時前だったが、十一月の夕陽は早くもビル街の向こうに沈みかけている。

「都心もひさしぶりだろ。新しく開拓した店、二、三軒案内してやろうか？」

朋之に誘われたが、「今日は早く家に帰るよ」と断った。アヤが夕食を用意して待っているし、なにより、この状況で朋之とサシで酒を飲むのは気が重い。

だが、朋之は「じゃあ、旭ヶ丘に帰って、たまには地元で飲むか」と食い下がる。

「ビールの一杯や二杯なら、アヤさんも怒らないだろ」

「……残業はだいじょうぶなのか？」

訊いた時点で、もう断れなくなっている。「平気平気、よし、じゃあさっさと帰ろうぜ」とカバンやコートを取りに自分の席に戻る朋之に、ちょっと待ってくれよ、とも言えなくなってしまう。

自分の優柔不断さにあきれながら、アヤにメールを送った。

〈ごめん、帰りちょっと遅くなる。10時ぐらい〉と入力したあと、〈10〉を〈9〉に打ち直して送信した。会社を出る間もなく返ってきたアヤの返信は――〈わかりました。ブンもチッキも8時に待ってま〜す〉。

やれやれ、と苦笑した。単身赴任生活を始めた最初はどうなることかと思っていたが、なきむし姫も、半年間でそれなりにたくましくなってきたようだ。

単身赴任生活は、意外とアヤのためにはいいことなのかもな。ふと思って、そんなことないか、とまた苦笑した。さっきよりも苦みの強い笑い方になってしまった。

4

旭ヶ丘ニュータウンには、オトナがじっくり酒を酌《く》み交わせるようなシブい店はほとんどない。たとえあったとしても、とにかく今夜は腰を落ち着けて飲むわけにはいかないのだ。

「ここでいいんじゃないか？」

哲也がチェーン店の居酒屋の看板を指差すと、朋之は「うーん……」と不服そうにうなったが、シブい店を探して歩き回るよりましだと考えたのか、「じゃあ、そうするか」とうなずいた。

「……軽くだぞ、軽く。愚痴はNGで頼むぞ」

釘を刺しておかないとヤバい。都心から旭ヶ丘までの電車の中でも、朋之は留美子さんにまつわる愚痴を言いどおしだった。哲也が留美子さんの性格のキツさを「一所懸命にやってる証拠なんだしさ」とフォローしても、「じゃあ、おまえがカミさんにしてみろよ」と食ってかかる。先月神戸で話していた離婚のことは、どうも、酒に酔った勢いというだけではなさそうな雲行きだった。

店に入ったのは、午後六時過ぎ。八時に家に帰るには、リミットは七時半。一時間ちょっとなら、なんとかホロ酔いですむだろう、と思っていた。

甘かった。朋之は「とりあえず」のビールを省略して、いきなり日本酒の冷やを注文した。しかも、コップ。乾杯もそこそこにグーッと半分以上飲んで……。

「なあ、霜田。神戸は俺に任せろ。なっ？　おまえはアヤさんのそばにいたい男だし、俺はカミさんのそばにいたくない男なんだ。だったら二人が入れ替わるのが一番だろ？」

酒をあおって、目をさらに据わらせた朋之は、「明日、専務の前でどう答えるつもりなんだ？」と訊いてきた。「とーぜん東京に帰るんだろ？　だよな？　神戸に居残っても意味ないんだし」

　さすがに、その言い方にはカチンと来た。

「ちょっと待ってくれよ。意味がないってことはないだろ、こっちだって必死にやってるんだから」

「違うんだ」朋之は言った。『意味がない』っていうのは、いままでおまえがやってきた仕事じゃなくて、これからやらなきゃいけない仕事のほうなんだ」

「……はあ？」

「明日、おまえにも専務から説明があると思うけど、プロジェクトは中止だ。これ以上傷の深くならないうちに撤退だよ」

　ということは、つまり――。

「ここから先は残務を処理するだけだ。おまえがいくら単身赴任でがんばったって、プラスになるものなんて、なにもないぞ。おまえだって知ってると思うけど、自治体や地元企業にとってはハシゴをはずされたようなものなんだから、こっちへの風当たりもキツくなる。ひたすら頭を下げて回って、損もかぶって、へたすりゃ恨みだって買って……いいことなんかなんにもない仕事だよ、敗戦処理は」

　だから――。

「俺がそれを引き受ける。俺にはメリットがあるんだから、喜んで神戸に行かせてもらう。で、霜田は本社に戻って新しいプロジェクトで動けばいい。敗戦処理なんてする暇があるんなら、もっと前向きなことに取り組むべきなんだよ。そうだろう？」

朋之の言うことは、よくわかる。敗戦処理のキツさも、バブル崩壊の頃を知っている先輩社員から何度も聞かされていた。だが、ここで「うん」とうなずいてしまっては、なにか、とても大事なものから逃げてしまうような気もする。

コップの残りを飲み干した朋之は、二杯目を注文して、「頼むよ」と言った。「俺だってカミさんとこのまま別れたくはないんだよ。和彦だっているんだし。距離をおいて、しばらく冷却期間をつくる……俺と留美子には、それが一番必要なんだよ、いまは」

じっと見つめられ、「頼むっ！」とテーブルに手をついて頭を下げられて、まいったなあ……と困り果てたとき、「いらっしゃいませえ！」と店員が声を張り上げて新しい客を迎え入れた。

朋之の視線からとりあえず逃げたくて、出入り口のほうにふと目をやった。

次の瞬間、哲也の顔は、ギクッとこわばった。

「よおーっ、テツ、なにやってんだぁ？　東京に帰ってきてたのかぁ？」

居酒屋に入ってきたのは、健だった。

ナッコも一緒だった。

親子で居酒屋かよ……とあきれ返ると、「ファミレスと同じ同じ」とケロッとした顔で笑い、ナッコから朋之が和彦の父親だと聞くと、「あ、どーもどーも」と人なつっこく挨拶《あいさつ》して、当然のように哲也と朋之のテーブルに来た。

「やっぱり鍋《なべ》は人数多いほうが美味《うま》いもんなっ」

「……頼んでないよ、そんなの」

「俺がいまから頼むんだよ、石狩鍋どうだ？　チゲ鍋も体が温まるぞ」

「お父さん、わたしキムチだめだよ」

「あ、そうかそうか、じゃあ、無難な線で寄せ鍋でいくか。あのな、テツ、トモ、悪いけどハマグリはナッコにやってくれよな、こいつ貝が大好きだから。ははっ」

あっというまに「和彦くんのパパ」が「トモ」になってしまう。「おいおい、テツとトモだとお笑いコンビだぜ、しかも一発屋。わははっ」と、自分の冗談に一人で大笑いする。

そして、これまた、しごく当然のようにテーブルに身を乗り出して——「で、なに話してたんだ？　二人で」。

＊

哲也は最初、別の話でごまかすつもりだった。あたりまえだ。そこまで口は軽くないし、酒のサカナになるような話題でもない。

だが、朋之は、よほど鬱屈《うっくつ》していたのか、コップ酒をぐいぐい呷りながら、「異動の話で揉《も》めてるんですよ」と自分からいきさつを話した。さすがに留美子さんの名前は出さなかったものの、「僕は異動したいんです、単身赴任したいんです、しばらく一人になりたいんです」と訴えるように、最後は目に涙さえ浮かべて繰り返した。

「なるほどねえ……」

健は苦笑してうなずいた。ガキの頃から、大ざっぱに見えて意外と勘の鋭いヤツだった。朋之と留美子さんのことも、なんとなく察しがついているのかもしれない。

「ねえ、ケンさん」

朋之は呂律《ろれつ》のあやしい声になって、「ケンさんからも言ってやってくださいよ、霜田に。東京に帰れって、で、俺を神戸に行かせろ、って……」とつづけた。

健は哲也をちらっと見て、意味ありげな含み笑いを浮かべた。なんなんだ？　と怪訝《けげん》に思う間もなく、健の視線は今度はナッコに移る。

「おまえはどう思う？」――小学一年生の娘に真顔で訊く。

ナッコも焼鳥をかじりながら、おとなびた様子で「そうねえ……」と間をとって、

「一人になるんだったら、単身赴任よりホーローのほうがいいんじゃない？」と言った。「言っとくけど、ホーロー鍋のホーローじゃないからね。旅の放浪」

健も、最初からその答えがわかっていたように、だよな、とうなずいて言った。

「というわけで、放浪しろよ、トモ。そのほうがさっぱりするんじゃないか。お遍路さんになるとか、JRの全線乗り尽くしとか、テーマ決めちゃってさ」

朋之は「からかわないでくださいよ、こっちは真剣なんですから」とムスッとした顔で言った。

だが、健はへらへらと笑ったまま、「逃げ場所にしないほうがいいと思うぜ、仕事を」と言った。軽い口調でも、居酒屋の喧噪《けんそう》をすり抜けるように、その声はくっきりと耳に届いた。

健は哲也にも向き直って、つづけた。

「で、おまえは家を逃げ場所にするな、って。自分のやってきたプロジェクトなんだから、最後まで自分で落とし前つけなきゃな」

「……ああ」

つい、素直にうなずいてしまった。よけいなお世話だよ、おまえには関係ないだろう……と言い返す言葉が浮かんだのは、そのあとだった。

「ま、そういうことだ」

わははっと笑って一件落着にする健をよそに、ナッコはすまし顔で言った。

「……って、家庭からも仕事からも逃げまくってたひとが、言ってまーす」

「よけいなこと言わなくていいんだよ」

「ほんとのことだもん」

「おとなの話に口出しするな」

「よその家の話に口出しするな」

小学一年生とは思えないほどナッコがおとなびていることは、アヤから来るメールで知っていた。勉強がずば抜けてできるということも、幼稚園には通っていなかったようだということも、そして……どうも健はナッコを連れて全国を放浪していたらしい、ということも。

幼なじみとはいえ、謎《なぞ》の多いヤツだ。

そして、ナッコに言い負かされて、悔し紛れにこっちを振り向き、「まあ、単身赴任中に俺にアヤちゃんを奪われるのが怖いんだったら、早く帰ってこいよ」と笑う

――ひとが内心ひそかに不安に思っていることをズバリと言い当てるヤツでもある。

＊

居酒屋を出たのは八時過ぎだった。酔いつぶれた朋之を健と二人で肩にかついでタクシーから降りた。

「ほら、しっかりしろよ、ちゃんと歩けよ」

「……神戸、行きたいよ、マジ、行きたいよ」

「だめだよ、そんなの家に帰って言ったら」

「いーの、もういーの、俺、もう、言ってやるもん、留美子にガツーンと言ってやるんだもーん……」

「そんなことしたら、おまえ、マジにヤバいぞ」

哲也と朋之のやり取りを聞いていた健は、「とりあえず、酔いが醒《さ》めるまで俺んちで寝るか？」と言った。先を歩くナッコも振り向いて「だねーっ」と笑った。

「いいんですかぁ？」

「逃げ場所なんて、その程度でいいんだよ」

「……そっすかねえ」

「いつでも戻れる場所にしとかないと、逃げっぱなしになっちゃうぞ」

「そっすよねえ……ほんと、そっすよねえ……」

やれやれ、と苦笑した健は、哲也に「テツはもういいよ、あとは俺一人でかつげるから、おまえは早く帰ってやれ」と言った。一瞬ためらったが、「アヤちゃんによろしくな」と笑う健と目が合うと、なんとなく、朋之のことは健にまかせればいいかもな、という気になった。

「なんだよぉ、霜田、帰るのかよぉ……明日、専務に言うんだろ？　東京に帰るんだろう？　なあ、どうなんだよぉ……」

哲也は静かに言った。

「悪いけど、俺は神戸で敗戦処理をするよ。自分の仕事には、最後まで自分で責任を負いたいから」

「……単身赴任でいいのかよ」

「ああ、仕事にケリがつくまでは、俺はこのままでいく。専務にも、きちんと頭を下げて直訴するよ」

じゃあな、と先に立って一人で歩きだした。

わが家のマンションを見上げて、これでいいんだよな、と足を速める。アヤは怒るかもしれない。泣きだすかもしれない。それでも、最後にはわかってくれる、はずだ。

背後から、歌が聞こえた。朋之が古いアニメの主題歌をがなりたてて、健もそれに付き合って歌っている。振り向くと、ナッコが「いーのいーの、だいじょうぶですから」と笑って、哲也を追い払うように手を振った。「ブンちゃんにも、よろしくーっ」

たいしたものだ。なにが「たいしたもの」なのかよくわからないが、とにかく、まあ、たいしたものだ、この親子は。

哲也はまた歩きだす。わが家までは、あと少し。元気な声で「ただいま！」を言えそうな気がした。

第七章　ママがサンタにビンタした

1

「ねえ、もうすぐ？　もうすぐ？」

白い息を吐き出して、ブンちゃんが訊《き》いた。

アヤが腕時計を覗《のぞ》き込んで「あと三分ぐらい」と言うと、目を輝かせて、顎《あご》をグッと持ち上げる。

わくわく、わくわく、という音が聞こえてきそうな横顔だった。吹きさらしの遊歩道のベンチはお尻《しり》が凍って貼《は》り付きそうなほど冷たく、ブンちゃんはもともと大の寒がりなのに、今夜にかぎっては文句一つ言わずに座っている。

なるほどなあ、とアヤはブンちゃんの首にマフラーを巻き直しながら、ちらりと隣のベンチに目をやった。

「わくわく」っていうのは、湯たんぽと同じだから——。

アヤにそう教えてくれたひとが、ベンチに座っている。

「わくわく」が胸の中にあると、自然と体も温かくなるんだよ——。

ブンちゃんと同じように、駅前広場の向こう側を見上げている。

だから、と健はゆうべの電話で言っていた。

俺、ナッコにはいつも「わくわく」を胸に持たせてやりたいんだ——。

ちょっと酔っている声だった。いきなり電話をかけてきて、いきなりそんなことを言われて、「ケンちゃんの教育方針はよくわかったけど」と苦笑したアヤに、健はつづけてこう言った。

ブンちゃんやチッキはどうだ？　最近わくわくさせてやってるか——？

よけいなお世話、と苦笑したまま言い返そうとしたら、さらにつづけて、「明日の夜、付き合えよ」と言ったのだ。「子どもたちを思いっきりわくわくさせてやるから」

そんなわけで、いま、アヤは駅前の遊歩道にいる。

「あと一分になった？　そろそろあと一分でしょ？　まだ？」と、やけに残り一分にこだわるブンちゃんに「さっき訊いたばかりじゃない、まだ二分以上あるわよ」と応《こた》え、ナッコと二人で街灯の明かりで影踏みをしているチッキに「歩いてるひとにぶつからないように気をつけなさいよ」と声をかけて、また隣のベンチに目をやって、あーあ……とため息をつく。

拍子抜けした気分だった。こんなのだったら、わざわざ出てくることなかったな、とも思っていた。

健に言われたとおり、夜七時前に駅前広場に着いたときには、なにが子どもたちをわくわくさせてくれるのか、それなりに期待もしていたのだ。ふだんは意識したことはなかったが、言われてみれば、確かに最近ブンちゃんやチッキには「わくわく」が足りないかもしれない。哲也がいないぶん、休日に遊びに出かける行動範囲も狭まっているし、平日の夕食時のおしゃべりもビミョーに盛り上がりに欠けている気がする。これはちょっと、たまには「わくわく」補給をしてみなくちゃ……と思って誘いに乗ったのだ。

だが、健が用意していた「わくわく」の素《もと》は、タネ明かしをされると、「なーんだ」と力が抜けてしまうようなものだった。

「ねえ、ママ、あと一分になった？」

「うん……なったなった」

正確には残り一分十五秒だったが、面倒になってうなずくと、ブンちゃんは素直にそれを信じて「ろーくじゅーう、ごじゅーきゅー、ごじゅーはち、ごじゅーななーっ……」とカウントダウンを始めた。

ブンちゃんはほんとうに素直だ。健が「七時ジャストになったら、すごいことになっちゃうんだぞ」とショッピングセンターを指差して言うと、たちまち目を輝かせ、胸を「わくわく」で一杯にして、ショッピングセンターを見つめた。

それがなんだか申し訳なくて、アヤはベンチから立ち上がった。

すると、健は笑いながら声をかけてきた。

「オトナが緊張してどうするんだよ」

「はあ？」

こっちは素直というより、単純そのもの。健の座るベンチの横に立ったアヤは「あのねー……」と声の大きさに注意しながら言った。

「ブンもチッキも、ケンちゃんが期待してるほど『わくわく』は感じないかも。っていうか、『これだったの？』って怒り出しちゃうかもよ」

「なんで？」

「だって……ケンちゃんとナッコちゃんは初めてでしょ、旭ヶ丘でクリスマス迎えるのって。でも、ウチは毎年だもん。もう慣れてるっていうか、あたりまえになってるっていうか、そんなにびっくりするようなことじゃないと思うんだよね」

それに、とショッピングセンターに目をやってつづけた。

「言ってなかったかもしれないけど……観覧車、ウチのバルコニーからも見えるんだよね……」

あと一分足らずで、観覧車はライトアップされる。

ふだんのように下からライトを当てるのではなく、クリスマス前の一週間は、観覧車の骨組みそのものが、まるでリースのように光で彩《いろど》られるのだ。

今夜は、その初日。確かに、新聞の地域面の隅っこを飾る程度のイベントではある。ライトアップ期間中は、観覧車の利用者も増える。だが、地元のひとにとっては、それは毎年恒例のことだ。「今年もクリスマスかあ」「今年ももうすぐ終わりかあ」と、胸に「しみじみ」が湧《わ》くことはあっても、「わくわく」にはほど遠い。

「たいしたことないのよ、ほんと。お台場とかの観覧車のライトアップに比べたら、もう、笑っちゃうぐらいセコくて、しょぼくて、ケンちゃんやナッコちゃんも、見たら絶対に『あれぇ？』って感じになるから」

「だいじょうぶだいじょうぶ、俺もナッコもそのへんのハードルは低いんだから」

健は軽く応えて、観覧車に向き直った。謙遜《けんそん》と思ったのだろうか？

「……さーんじゅーっ、にじゅーきゅー、にじゅーはち、にじゅーななーっ……」

ブンちゃんのカウントダウンは後半に入った。スタートこそフライングだったものの、のんびり屋のブンちゃんのカウントダウンは実際の秒針の動きより微妙に遅く、おかげで意外と七時ジャストに合わせられそうな感じだ。

だからこそ、その瞬間のブンちゃんの失望を思うと、アヤはいたたまれなくなってしまう。ライトアップのことなどケロッと忘れてしまったみたいに影踏みに夢中のチッキのほうが、逆に幸せなのかもしれない。

そんなことを思うと急に寂しさがつのって、アヤはぽつりと言った。

「期待しないほうがいいと思うよ、ケンちゃんも。ぜーったいにがっくりしちゃうから」

「……決めつけるなよ」

健は観覧車を見つめたまま、今度は不機嫌そうに言った。盛り上がっているところに水を差されたから、だけではなさそうな口調だった。「なんでかなあ」とアヤに目を向けずに首をかしげ、「アヤちゃんって、昔はそんなふうに言ったりしなかっただろ」とつづける。

小学生の頃と比べられても、困る。

『わくわく』、足りてないなあ」

一瞬、返す言葉に詰まった。どんな表情で応えればいいかも、わからなかった。

健はそれ以上はなにも言わず、ナッコとチッキに「おーい、そろそろだぞーっ」と声をかけた。

「……じゅーご、じゅーよん、じゅーさん、じゅーに……」

ブンちゃんのカウントダウンはつづく。

「立ったほうがよく見えるかな」と健はつぶやいて、腰を浮かせた。

アヤと二人並んで立つ格好になった。アヤが思わず横に一歩ぶん動いて距離をとると、その胸の内を見抜いたのかどうか、健はクスッと笑う。

「……はーち、なーな、ろーく、ごーぉ……」

惜しい。「よーん」と言いかけたところで、夜空に紛れかけていた観覧車の骨組みが、チカッと光った。

だが、ブンちゃんはカウントダウン失敗も気にせず、「うわっ！」とはずんだ声をあげる。「ママ！　始まったよ！」

自転車の車輪のような観覧車の骨組みに、明かりが灯《とも》っていく。最初は車輪でいうスポークの部分が七色に輝き、それから輪っかの部分が白く縁取られた。すべての明かりがいっぺんに灯るのではなく、昔の蛍光灯のように何度か瞬《またた》きをしてから、光の棒が、一本、また一本、とできあがる。

アヤは口をぽかんと開けて、観覧車を見つめた。

いままでは点灯したあとの観覧車しか知らなかった。もちろん、点灯のタイミングは毎晩必ずある。だが、幼い子どものいる家庭では、午後七時ジャストはあわただしさのピークでバルコニーに出て観覧車を眺めるような余裕などなかったのだ。

明かりがすべて灯るまでには、意外と時間がかかった。それが、なんともいえず、いい。観覧車が生き物のように感じられる。スイッチを入れた直後は電圧がまだ不安定なのか、一回灯ったはずの明かりが、すぐにフッと消えそうになり、また明るさを取り戻すこともある。そんなちょっとしたアクシデントのかけらのようなものでも、つい、がんばれ、がんばれ、と応援してしまったりもする。

ふと気づくと、子どもたちも、黙り込んで観覧車を見つめていた。ブンちゃんは歓声をあげるのを忘れ、飽きっぽいチッキも身じろぎもせずに、イルミネーションが完成するまでの一部始終を見守っていた。

三十秒……いや、一分近くたっただろうか、やっとすべての明かりが灯った。できあがったイルミネーションは去年までと変わらないデザインで、都心の大がかりなライトアップに比べると、やはり、いかにも低予算といった印象だった。それでも、スイッチを入れた瞬間からずっと見てきたというだけで、なんだか不思議な「身内」感覚が生まれて、思わず拍手を贈りたくなったほどだった。

「どうだった？」と健が訊いた。

「……うん、まあ、わりと……感動ってほどじゃないけど、よかったかも」

半分意地を張って答えると、健はまたクスッと笑って、「感動なんてしなくていいんだよ」と言った。「大事なのは、『わくわく』なんだから。たっぷり『わくわく』したあとは、どうでもいいんだ、おまけみたいなものだろ」

「期待はずれでもいいわけ？」

「期待するほうが悪いんだ。『わくわく』と『期待』だって、ほんとうは違うんだから」

よくわからない。なんとなく屁理屈《へりくつ》で丸め込まれているような気もしないではない。

だが、健が笑いながらつづけた「まだ『わくわく』が足りないかなあ、アヤちゃんは」は、笑顔だったからこそ、胸に刺さった。

2

「ねえ、せっかく来たんだから観覧車に乗って帰らない？」

ナッコの発案で、みんなそろって観覧車に乗ることになった。

チッキは当然のように「あたし、おねーちゃんとのるーっ」とナッコの腕に抱きつき、いまでも観覧車が怖くてしかたないブンちゃんは、アヤの手をギュッと握りしめた。

どっちにしても、観覧車のカゴは定員四名なので、全員いっぺんには乗れない。

「じゃあ、チッキ頼んじゃっていい？」

アヤが訊くと、健は「まかせとけ」と笑った。物怖《ものお》じしないチッキは、健にもすっかりなついている。知らないひとの目には、ほんものの親子のように見えるかもしれない。

神戸で寂しく単身赴任生活を送っている哲也のことを、ふと思いだした。ごめんね、と心の中で謝って、「ごめんね」はヘンだな、と思い直すと、今度は「ごめんね」と思ったことじたいを「ほんと、ごめんねっ」と謝りたくなって……健の笑顔のひとなつっこさが急に恨めしくなった。

行列が進む。健とナッコとチッキが先のカゴに乗り、アヤとブンちゃんはあとのカゴに乗る——はずだった。

ところが、順番が来てカゴに乗り込む間際《まぎわ》、ナッコはブンちゃんに「ちょっと！大変！」と声をかけて手招いた。

「どうしたの？」

ブンちゃんはアヤから手をするっと離して、トコトコッとナッコのそばに来た。そのブンちゃんの手を、ナッコは素早くつかむ。「一緒に乗ろっ！」と手を引っぱると、思わぬ展開にブンちゃんは抵抗することもできず、ナッコとチッキと三人でカゴに乗ってしまった。

「三人でーす」

ナッコが言うと、係員のお兄さんはあっさりとドアをロックして、カゴはゆっくりと上昇を始め……乗り場には、アヤと健だけが残されてしまった。

「ちょっと！　なにやってるんですか！　子どもだけだと乗れないんじゃないんですか！」

アヤはあわてて係員に詰め寄った。係員も「あ……」とミスに気づいたが、もう遅い。三人を乗せたカゴは、もうアヤの背丈を遥《はる》かに超えていた。

「アヤちゃん、追っかけよう！」

健はダッシュして次のカゴに乗り込み、上体を外に出して「ほら、早く！　なにやってるんだ！」怒鳴った。サスペンスドラマで離陸間際のヘリコプターに飛び乗る刑事のようなノリに、アヤもつられてカゴに駆け込んでしまった。

あたりまえの理屈に気づいたのは、ドアに鍵《かぎ》が掛かってから、だった。

健をキッとにらみつけると、「あ、そっか、追いつけないか」と、とぼけた顔で笑う。

「……ナッコちゃんと二人で決めてたの？」

「あ、それは違う、マジに違う。あいつのアドリブだよ」

「アドリブ、って……」

「あいつも子どもなりに考えてるんだよ、いろいろ」

「いろいろ、って……」

「俺の再婚のこととか、さ」

あはは、と健は笑う。

「再婚するの？」

「あ、いや……まだ相手は見つかってないんだけどさ」

あはははっ、と健はまた笑う。

「でも、ナッコちゃんのことも考えると、やっぱり再婚しなくちゃって感じだもんね」

「そうそう、そうなんだよ」

「本気で探さなきゃダメよ」

あはははははっ、と健はさらに笑い、窓の外に目をやって、ふう、とため息をついた。

「別れたカミさん……来年早々に再婚するんだ」

「そうなの？」

「うん……先週、ナッコがカミさんと会ったとき、そんなこと言ってたらしい」

「会ってるんだ、ナッコちゃんは」

「ああ。二カ月に一度な。それが離婚のときの条件だったし、離婚しても、カミさんがナッコにとって母親であることには変わりないんだし」

アヤもため息交じりにうなずいて、そのまま話が途切れた。健は窓の外に目をやったまま、「新宿のビルも見えるんだな」「富士山はあっち側なのか」と何度かつぶやいたが、話は盛り上がることなくしぼんでしまう。

十二分で一周する観覧車は、ほどなく、てっぺんまで来た。避雷針の脇《わき》をカゴが通り過ぎると、それをきっかけにするつもりだったのか、健はやっとアヤに向き直って、真剣な顔で言った。

「アヤちゃん、最近、疲れてないか？」

「え？」

「疲れてるっていうか、気が張ってるっていうか……なんか、見てて、そんな気がするんだけどな」

「わくわく」が足りていないというのも、そのことなのだろうか。

「べつに、ふつうだけど」

アヤは言った。強がったつもりはなかった。哲也がいないぶん、父親代わりも自分が務めなければならない。夏頃まではそのプレッシャーや寂しさに押しつぶされそうになるときもあったが、最近では親子三人の暮らしにもだいぶ慣れてきた。わたしって、意外としっかりしてる——と自分を褒めるときだって、たまに、ある。

だが、健は真剣な顔のまま、つづけた。

「泣いてないだろ、最近」

「……だって、べつに泣くようなこと、なにもないし」

「なきむし姫は、泣かなきゃダメなんだよ」

健は、きっぱりと言った。

からかっているわけではなさそうだった。

「泣きたいときは泣いて、わくわくするときは素直にわくわくしなきゃ、ダメなんだ、絶対に」

アヤにではなく、むしろ自分自身に言い聞かせるような、一言一言を嚙《か》みしめる口調だった。

骨組みのイルミネーションの光を浴びた健の顔は、さまざまな色に染まる。下降するカゴは上っているときよりもスピードが遅いように感じられる。そんなはずはないのに、風景の流れ方が、しだいにゆるやかになったような気がするのだ。

「アヤちゃんが泣いたら……俺の出番なんだけどな」

健はそう言って、また窓の外に目をやり、それきりなにもしゃべらなかった。

3

サンタクロースの出前、いかがですか——？

携帯電話に届いたメールには、そう書いてあった。なに考えてるんだろうとあきれて、メールの返事だけでは気がすまずに、電話をかけた。

「おう、アヤちゃん」

健の声は、いつもどおり、のんきそのものだった。

「あいかわらず暇だね」

イヤミをぶつけるつもりはなかったが、ついキツい口調になってしまった。

「あれ？　迷惑だった？」

「……べつにいいけど」

健が悪いわけではない。それはわかっている。悪いのはメールが届いたタイミングだ。

ついさっきまで、長電話をしていた。相手は哲也。メールのやりとりでは埒《らち》が明かない種類の話だった。「ちょっと、それ、どういうこと？」で始まり、押し問答をえんえん繰り返して、最後は「もういいっ」と電話を切った。

いつまでたってもベッドに入らないチッキから「もう明日からテレビ禁止！」とテレビのリモコンを取り上げ、寝る頃になって学校のプリントを持ってきたブンちゃんを「何度言えばわかるのよ、学校から帰ったらランドセルを空っぽにするの！」と叱《しか》りつけて、ああ、これ、絵に描いたような八つ当たりだ、サイテーだ、虐待《ぎゃくたい》ママへの第一歩だ……と自己嫌悪《けんお》に陥っていたところに、健のメールが届いたのだ。

「で、なんなの？　これ」

「書いてあるとおりだけど……いま、ブンちゃんとかチッキ、同じ部屋にいるのか？」

「うん、まあ、いるけど」

「じゃあヤバいな。別の部屋に移動とかって、できそう？」

「なんで？」

「だって、サンタさんの話だから。子どもの夢を壊しちゃまずいだろ」

「……そういうところには細かく気をつかうんだね」

まあな、と得意そうに応える。胸を張ったポーズも目に浮かぶ。「そういうところ」以外は、まったくもってニブくて大らかで、皮肉なんて通じるわけないか、とアヤはため息をついた。

だが、確かにわが家では、ブンちゃんもチッキも、サンタクロースの存在を信じて疑っていない。おばけも信じて、宇宙人も信じて、『もののけ姫』の世界もきっとどこかにあると信じている。その純粋さが微笑《ほほえ》ましくて、うらやましくて、でもビミョーに悔しくもあって……。

まだリビングでぐずぐずしている二人に、部屋に行って寝なさいっ、と手振りで伝え、ママ怒ってるんだよ、と人差し指でツノをつくった。

さすがにブンちゃんはママの機嫌の悪さを察して、チッキの手を引っ張って子ども部屋に入った。リビングに忘れた超合金ロボットを取りに戻ってきたチッキは、ひょいっとロボットを抱き上げて、そそくさと、逃げるように姿を消した。そのしぐさがおかしくて、クスッと笑った瞬間、急に悲しくなってきた。

「もしもーし？　もーう、いーかいっ？」

「……うん、子どもたち、あっちに行ったから」

「どうした？　なんか、声、泣いてるっぽいけど」

なんでもない、と答えたら、ほんとうに泣き声になってしまいそうだった。

黙り込んで、胸にこみ上げる悲しみの波をやり過ごしていたら、健は「泣け泣けっ、なにがあったか知らないけど、泣いちゃえばいいんだよ、泣きたいときには」と笑う。

ひとの気も知らないで。のんきで勝手なことばかり言って。ムカッとしたおかげで、悲しみの波がすうっと退《ひ》いた。

「で、なんなの、サンタの出前って」――なんとか、まともな声で言えた。

「出前は出前だよ。ケータリング。わかるだろ?」

「だから、それ、ケンちゃんがやるわけ?」

「そうそうそう」

サンタクロースの衣装を、レンタルしたのだという。

「なんで?」

「なんでって、クリスマスだし」

当然のように言うから、思わずプッと噴き出してしまった。重かった胸がようやく軽くなる。

「いま、旭ヶ丘の幼稚園とか保育園に声をかけてるから、夕方までは予定が一杯なんだけど、夜はまだ空いてるから、都合のいい時間言ってくれれば、合わせられるから」

健はそう言って、「もちろんタダでいいんだ。ボランティアっていうか、俺の趣味なんだから」と付け加えた。

「幼稚園や保育園からもお金取らないの？」

「あったりまえだろ。おまけにプレゼントのお菓子付きなんだぜ、出血大サービスだよ」

「なんでそこまでするの？　ケンちゃんが」

「いいひとすぎる、って？」

「……自分で言わないでよ」

「まあ、でも、子どもたちにはわくわくしてほしいもんな。サンタクロースなんていったら、もう、『わくわく』の王様みたいなものだろ。ここで『わくわく』を見せてやらなかったら、オトナの役目なんてどこにあるんだよ、って」

ケンちゃんらしいなあ、と笑った。ひるがえって哲也のことを思いだすと、さっきの電話の怒りがぶり返してきた。

「だよね、ほんと、そうだと思う。ケンちゃんの言うとおり。クリスマスを大事にしないパパなんて、サイテーでサイアクで、もう、どうしようもないんだから」

「はあ？」

「帰ってこないんだって、テッちゃん」

「そう。年末年始の休み前にやらなきゃいけない仕事がたーくさんあって、東京に帰る暇なんて、ぜーんぜんないの」

子どもたちは何日も前からずっと楽しみにしていたのだ。

年に一度のクリスマスに、ひさびさにパパがわが家に帰ってくる――これこそが「わくわく」の王様だ。

なのに、突然キャンセルになった。アヤが「じゃあ、わたしたちが神戸に行く！」と言っても、イブは得意先のクリスマスパーティーに顔を出さなければいけないので、とても子どもたちの起きている時間には帰れないらしい。

哲也は「年末年始の休みはきっちり取るから。もう、ずーっと子どもたちと遊んでやるから」と言っていたが、おじいちゃんやおばあちゃんならともかく、お正月の「わくわく」は、やっぱりクリスマスのそれには勝てっこない。

胸がまた悲しみの波に襲われた。

「ねえ、ケンちゃん……」

声の震えは健にも伝わっているはずだが、今度は「泣け泣け、泣いちゃえ」とは言われなかった。

「クリスマス？」

「二十四日の夜、来てくれる？　このままだとブンちゃんもチッキもかわいそうだから、せめてサンタさんに会わせてやりたいの」

するど、健の相槌《あいづち》は「ああ……うん……」と急に煮え切らなくなった。さっきまでののんきな余裕が消えて、いかにも困惑した様子で「いいのか？」と訊く。「いや、俺、てっきりテツもいるものだと思い込んでたから……」

「平気よ」アヤは無理やり笑って言った。「だって、ウチに来るのはサンタさんで、ケンちゃんじゃないんだから」

そうでしょ？　と訊くと、健もやっと笑い返した。

「それに、昼間にプレゼントを預けるときだって、どっちにしても二人で会うんだし」

そうでしょ？　ともう一度訊くと、健は「ナッコを連れていくから」と言った。

「終業式から帰ってきたら、一緒に駅前で昼飯食おうって約束してたし」

「でも……ナッコちゃんだって……」

「いいんだ、あいつは。サンタクロースがいないってこと、もう知ってるから。何年も前から知ってるんだ、それ」

「だよね……」

「サンタの衣装のサイズ合わせに行くときだって、あいつと一緒だったんだぜ。だから、ぜんぜん平気だよ」

あははっ、と健は笑う。いつもとは違う、寂しそうな笑い方だった。

4

十二月二十四日——。

終業式を終えて帰宅したブンちゃんは、通知表をアヤに渡すとお昼ごはんを大急ぎで食べて、友だちと遊びに出かけた。

よしっ、とアヤは小さくガッツポーズをした。

チッキを幼稚園に迎えに行く時間までに健にプレゼントを預けておけば、今夜のお楽しみの準備、完了。あとはお気に入りのカフェで予約しておいた特製ショコラケーキを持ち帰って、ローストチキンを仕上げて、チッキの好きなパエリアをつくって、ブンちゃんの好きな茶碗蒸し《ちゃわんむ》しをつくって……ここで和風になるところが、なんというか、ブンちゃん、なのだ。

駅前のショッピングセンターは、クリスマスセールでにぎわっていた。レストランのフロアにある観覧車乗り場にも、平日の昼間には珍しく行列ができている。

哲也が帰京しない寂しさは、いまも消えたわけではない。

いや、むしろ、日ごとにつのっていた。

仕事の忙しさのせいならまだしも、もしも、万が一、ありえない話だとしてももしかして、哲也は今年のイブを別の女性と一緒に過ごそうとしているのかも……と考えはじめると、居ても立ってもいられなくなる。テレビのニュースで『神戸ルミナリエ』の夜景が紹介されたときには、思わず画面をじっと見つめて、哲也の姿を探してしまったほどだった。

それでも、ショッピングセンターのにぎわいに包まれていると、しだいに頬がゆるんでくる。フロアに流れる『ジングルベル』のメロディーに合わせて、ついハミングしそうにもなる。レストランのエントランスやショーケースを彩る赤と緑のクリスマスカラーを見ていると、少しずつ、少しずつ、「わくわく」が胸に溜《た》まってくるような気もする。

待ち合わせのイタリアンレストランに入ると、健とナッコはすでにテーブルについてランチをとっていた。

健はアヤに気づくと、こっちこっち、と手を振った。だが、ふだんならおしゃまに

「ごぶさたしてまーす」と挨拶《あいさつ》するナッコは、今日はアヤにちらりと目を向けただけで、パスタを食べる手を止めなかった。

怪訝《けげん》に思いながらナッコの隣に座ると、脚に固いものが当たった。

「これ……ナッコちゃんの？」

テーブルの下に、子ども用のスーツケースが置いてある。

あらためて見てみると、ナッコの服はよそゆきだった。

返事をしないナッコに代わって、健が言った。

「泊まりがけで遊びに行くんだよ、ナッコ」

「いまから？」

「ああ……」

「ケンちゃんと一緒に？」

「いや、俺は駅まで送るだけで、向こうが迎えに来てくれるから、あとはもう……」

沈みかけた声を、いけない、とあわてて跳ね上げるように、

「だって、俺も一緒に行ったら、サンタをやる奴《やつ》がいなくなっちゃうだろ」と笑う。

「でも……クリスマスなのに……」

「クリスマスだから、向こうに遊びに行くんだ」

「……え？」

「冬休みはずっと、向こうで過ごす」

やっとわかった。「向こう」とは、健の離婚した奥さん――ナッコの母親のことだ。

ナッコは顔を上げず、パスタをフォークに巻きつけながら、言った。

「冬休みがリハーサルなの。新しいお父さんと仲良くなれるかどうか、冬休みの間が、お試し期間なんだって」

いままで聞いたなかで、いちばんおとなびた言葉だった。

そして、いちばん寂しそうな言葉でもあった。

約束の午後八時が近づくにつれて、気が重くなってきた。

サンタさんの訪問を知らないブンちゃんとチッキは晩ごはんを食べ終えて、リビングで遊んでいる。

あと五分足らずで玄関のチャイムが鳴って、サンタさんが部屋に入ってきたら、きっと二人は大はしゃぎするだろう。

だが、二人の歓声で迎えられるサンタさんの孤独を思うと、胸が締めつけられてしまう。二人にプレゼントを渡してウチに帰り着いたときのサンタさんの苦笑いを思うと、涙が出そうになる。

来年の年明け早々にも、サンタさんの奥さんは再婚する。観覧車の中でも聞いていた話だったのに、その意味について深く考えることはなかった。

自分を責めて、ため息をついたとき、チャイムが鳴った。

オートロックのモニターには、約束どおりサンタさんが映っていた。帽子をかぶり、白髪のカツラをかぶって、白い付けヒゲを頬や顎に生やして、ごていねいに大きな鼻まで付けて……たいした凝り具合だ。

「ブン、チッキ、びっくりするお客さん来たよ」

振り向いた二人は、はずんだ声をそろえて「パパ？」と訊いた。「パパ、やっぱり帰ってきたの？」とブンちゃんが言って、チッキは早くも「わーい、わーい」と飛び跳ねている。

アヤの胸に、津波のような悲しみの波が襲いかかる。

だめだ。もう、涙があふれて止まらない。

嗚咽《おえつ》をこらえて「玄関のチャイムが鳴ったら、二人で出て」と子どもたちに伝え、キッチンに駆け込んだ。流し台の水道を勢いよく出して、パエリアの鍋《なべ》を洗いはじめた。

水音と一緒に玄関のチャイムが聞こえる。子どもたちのサイコーの歓声が聞こえる。さすがサンタさん、パパに負けないぐらいの大歓迎だ。

少しほっとして、でもやっぱり子どもたちにはパパのほうがいいよね、と思うと、また新たな涙が頬を伝い落ちる。

赤い上下を着たサンタさんが家に上がる。

そのまま、リビングを抜けて、キッチンに入ってくる。

振り向けない。振り向いたら、ほんとうに、子どもの頃のようにわんわん泣きじゃくってしまいそうだ。

流し台に向かったままパエリア鍋を洗いつづけるアヤの後ろに、サンタさんが立った。

距離が、近い。近すぎる。背後から抱きしめられるような近さで、そっと、分厚い手袋をつけた手がアヤの肩に載る。そして、サンタさんのヒゲづらが、ゆっくりとアヤの頬に迫って——。

「だめっ！」

振り向いて、一声叫んで、考えるより先に、サンタさんをビンタした。

手のひらはみごとにサンタさんの頬にヒットして、付けヒゲと付け鼻がずれて……

そこには、哲也の顔があった。

「なんで？　ねえ、なんで……？」

哲也は照れくさそうに笑って、「ケンに怒られたんだ、思いっきり」と、ぶたれた頬をさすった。「いきなり電話かけてきて、おまえは人間のクズだとか、ろくな死に方しないとか、犬のウンコ踏んじゃえとか、めちゃくちゃなこと言われて……アヤちゃんが泣いてたって言われて……」

言葉の途中で、アヤは泣きながら哲也に抱きついた。

「ありがとう！」

哲也にも、それから、もちろん――。

健のことを思うと、はじけていた喜びに、インクの染《し》みのような苦みが落ちた。いいひとすぎる。ほんとうに。見せ場を哲也に譲って、自分はひとりぼっちでイブを過ごして、きっと「平気平気」と笑うだけだとわかるから、アヤの頬を伝う涙は、喜びと悲しみの入り交じったものになってしまう。

哲也はゆっくりと体を離して、さっきよりさらに照れくさそうに言った。

「それでさ……せっかくのクリスマスなんだから、トナカイさんも呼んでいいかな」

「トナカイさん……？」

「どうしても一緒に宴会したいって言うんだよ、あいつ」

哲也が「ブン、チッキ、ドア開けてやれよ」と声をかけると、子どもたちはダッシュで玄関に出た。

ドアが開く。クラッカーを鳴らしながら入ってきたのは、健だった。

「メリー・クリスマス！トナカイでーす！」

わははは、と笑う。

哲也とアヤを狙《ねら》って、もう一発、クラッカーを鳴らす。

アヤはその場にへたり込みそうになった。涙をぼろぼろ流しながら、笑った。

「泣け泣けっ、泣いちゃえばいいんだ、泣きたいときには」

誰よりも泣きたいはずのトナカイさんが、誰よりも元気な笑い声で言った。

第八章 バレンタイン・ブルー

1

これは仕事だから――。

メールでも、電話でも、そして旭ヶ丘ニュータウンで直接顔を合わせたときも、みどりさんはきっぱりと言った。

「ケンちゃんの事情はアヤから聞いてる。いろいろ大変なことになってるみたいだけど……でも、これは仕事だから」

健はコーヒーを一口すすって、「どこまで知ってるの、俺んちのこと」と聞き返した。

みどりさんは一瞬ためらいながらも、覚悟を決めたように「たぶん、ぜんぶだと思う」と言った。「アヤが知ってることは、ぜんぶ、わたしも知ってるんじゃないかな」

ナッコが、家を出る。再婚した母親の由紀子さんと一緒に暮らすことを選んで、健のもとを去っていく。

「……ちょっと違うな、それ」

「そうなの？」

「うん。結果は同じだけど、根本的なところが違ってる」

ナッコが由紀子さんと暮らすのは、決して両親を天秤《てんびん》にかけて母親のほうを選んだというわけではない。離婚の時点で、そう決まっていたのだ。

「カミさんが再婚したらナッコを引き取るっていうのが、約束だったんだ。だから、俺とナッコは俺を捨てたわけじゃなくて、これはもう最初からしかたないっていうか、俺とナッコがどんなに仲良しでも、どうにもならないっていうか……」

「いつ向こうに行っちゃうの？」

「少しでも早く、ってナッコ本人は言ってる。向こうは四月の新学期からでいいんじゃないかって言ってくれてるんだけど、あいつ、せっかちなところは俺に似てるから」

いまは二月のアタマ――健とナッコが、お互いにお別れできるケジメをつけたら、それこそ、明日にでも荷造りを始めるのだという。

「どんな気分？」

「……クールに訊《き》くなあ、みどりちゃんも」

「だって仕事だもん」

みどりさんはあえてそっけなく言って、ことさら事務的なしぐさでパソコンからプリントアウトした企画書をテーブルに置いた。

「メールにも添付したけど、読んでくれた？」

「ああ、いちおう」

「どう？ 協力してくれるとうれしいんだけどな」

企画書には、『娘からパパへのI LOVE YOU——春の親子旅行とバレンタインデー』とタイトルがついていた。みどりさんがデスクをつとめる雑誌の特別企画だ。パパと娘が一泊二日の旅行に出かけ、旅行の最後に娘からパパにバレンタインデーのチョコを渡す。その様子をグラビア記事に構成して紹介する。すでに三組の親子が企画に賛同して、最後の枠を健とナッコに頼みたい、ということだった。

「企画を立てたときから、ケンちゃんにはぜひとも登場してほしいと思ってたの。ウチの会社としても、いずれはケンちゃんのブログやメールマガジンを単行本にしたいと思ってるわけだから、いまのうちに読者にもインプットしておきたいのよ、ケンちゃんとナッコちゃんのことを」

他の三組の親子は、いわゆる「有名人ファミリー」で、健とナッコにオファーするのは、雑誌サイドからすれば大抜擢《ばってき》に近い。それでも、みどりさんは「この企画が成功するかどうかは、ケンちゃん親子が出てくれるかどうかで決まるんです！」と編集会議で力説したのだという。

「だって、そうじゃない。他の三組は、言ってみれば『やらせ』の旅行だけど、ケンちゃんとナッコちゃんは実際に一年間、日本中を旅してたわけなんだから、リアリティっていうか、重みが違うのよ」

どこに出かけるかは自由だし、旅費も編集部で負担する。

「まあ、ウチの本音としては、高級旅館やリゾートホテルに泊まるよりも、日本一周したときみたいにキャンプするとか車の中で泊まるとか、そっちのほうが『絵』になりそうな気はするんだけど……寒い時季ってこともあるし、そのあたりは柔軟に対応したいと思ってるの」

雪山の露天風呂《ぶろ》も、あり。海岸のバーベキューも、あり。ミカン農家に一泊二日でお世話になって収穫を手伝うのも、もちろん、あり。

「アゴアシ付きの旅行なんてイヤかもしれないけど……でも、そういう機会でもなかったら、もう、これからは……旅行、キツいでしょ？」

「……ああ」

「悪い話じゃないと思うんだけど……どう？」

企画を立てた時点では、もちろん、みどりさんはナッコが健のもとからいなくなってしまうことなど知らなかった。

アヤから事情を聞いて、一度は企画をあきらめた。だが、じっくり考えてみると、逆に、そういう事情だからこそ、この企画は必要なんじゃないか、という気がしてきた。

「おせっかいだと思ってる、自分でも。仕事と全然関係ないんだったら、最初から、もう、やめてる。でも、やっぱり二人で旅したほうがいいと思うのよ。これが最後になるかもしれないんだったら、なおさら」

みどりさんは企画書に向けていた顔を上げ、健をあらためて、じっと見つめた。

健はその視線に気おされたように目をそらす。

窓の外に、ショッピングセンターの観覧車が見える。平日の昼間――客のいない空っぽのカゴが、ゆっくりと、停《と》まることなく、回りつづけている。

「あのさ……」健はぽつりと言った。「この話、雑誌の編集者として説得してるわけ？　それとも、幼なじみのみどりちゃんとして、言ってるわけ？」

みどりさんは、少し考えてから、言った。

「身勝手なことと言ってるとは思うけど……やっぱり、編集者として、この企画にはケンちゃんに出てもらいたいな、って思ってる」

＊

みどりさんは、電話でアヤに言った。

「賭《か》けだったんだよ、あの一言は」

そうだろうなあ、とアヤも思う。ふつうに考えれば「編集者として」なんて言わないほうがいい。たとえ本音では仕事のことを最優先に思っていたとしても、それを口に出したら、ただの身勝手になってしまう。

「でも、ケンちゃんはとにかく負けず嫌いで意地っ張りなひとじゃない、そういうひとを説得するときは、逆に、こっちのエゴをむき出しにしちゃったほうがいいと思ったの」

それはそれで、わからないでもない。健の性格を考えると——子どもの頃も、いまも、同情とか親切とか思いやりとか、そんなものを押しつけられることをなにより嫌いそうだから。

「で、結果的には、わたしの作戦が正解だったわけ」

みどりさんのイチかバチかの賭けは、吉と出た。

健は、企画に登場することを受け容《い》れた。

「うん、仕事で困ってるんだったらしょうがないな、って。どっちにしても、ナッコちゃんとはお別れにどこか旅行するつもりだったから、って」

本音かどうかは、わからない。いかにもイベント好きの健らしい発想だったが、だからこそ、逆に、「らしくない」気もする。

みどりさんも同じなのだろう、「気をつかってくれたのかもね、わたしに」と少し寂しそうに言って、沈みかけた口調をグイッと持ち上げてつづけた。

「でね、ここからは仕事」

「はあ？」

「仕事の話だから、ちょっと真剣に聞いてくれる？」

健は、みどりさんに条件を出していた。この条件が満たされないと企画への協力はNGだと、きっぱりと言った。

「えーとね、よーく聞いてよ」

「ブンとチッキを貸してほしいの」

「……うん」

それが、条件だった。

思いも寄らない話に唖然《あぜん》として言葉をうしなったアヤに、みどりさんはさらにつづけた。

「まあ、ケンちゃんの本音としては、あんたにも一緒に来てほしいらしいんだけど」

「ちょ、ちょっと待ってよ、なんなの、それ」

「企画としては、ケンちゃんとナッコちゃんのツーショットの旅行ってことなんだけど、とにかく一緒に行きたいんだって、ブンやチッキや、あんたと」

みどりさんの口調は「相談」というような控えめなものではなかった。「通告」あるいは「指示」、さらには「命令」――「ケンちゃんもわたしの仕事に協力してくれるんだから、妹のあんたが協力しない理由なんて、どこにもないでしょ」と断言されると、なにも言い返せない。

「今度の土日で、一泊二日。準備なんてなーんにもいらないから、着替えだけ準備して、あとはぜんぶこっちにまかせて」

「いや、あの、でも……」

「わたしも一緒に行くし、だいじょうぶだってば」

「そうじゃなくて……」

「ギャラは悪いけど、なしね。必要経費だけ。その代わり、向こうでなにを食べてもオッケーだし、おみやげも常識の範囲内だったら、こっちで持つし」

「じゃなくて……」

「雨天決行」

「じゃなくて！」

みどりさんは、やれやれ、と苦笑して、「でもね」と口調をあらためた。「この話、あんたにとっても悪くないと思うの」

「……なんで？」

「一泊二日で出かける目的地、言ってなかったっけ、まだ」

「聞いてません！」

「あ、そう。じゃあ言うね。ケンちゃんのリクエストにより、目的地は、神戸に決まりましたーっ」

アヤはまた言葉をうしなった。

神戸――。

哲也が単身赴任をしている街、神戸――。

「あんた、まだ一度も神戸に行ってないんでしょ？　出不精で旅行慣れしてないのはよーくわかるけどさ、ダンナの単身赴任先、一度ぐらいは見に行ったほうがいいんじゃない？」

みどりさんは教え諭すように言って、「いまのは仕事じゃなくて、姉貴としてのアドバイスね」と笑った。

2

その夜、アヤはひさしぶりに健のブログを覗《のぞ》き、バックナンバーを読んでみた。

十二月三十一日――大晦日《おおみそか》に、健は日本でいちばん早い初日の出を見るために、北海道に渡った。釧路《くしろ》までは飛行機を使い、そこからレンタカーで、凍《い》てついた道を根室へと向かった。

〈納沙布岬《のさっぷみさき》に来たのは二年ぶり。前回は娘のナッコ隊員と二人で出かけた。初夏だった（といっても、最高気温は四度だったけど）。漁師のおじさんと仲良くなって、昆布漁を手伝わせてもらったり、カジカのぶつ切りの入った味噌汁《みそしる》をごちそうしてもらったり……。あのときは納沙布から知床《しれとこ》に回り、オホーツク沿岸を北上して、網走《あばしり》、紋別経由で稚内《わっかない》まで。ナッコ隊員が途中で風邪をこじらせて大変だったけど、ケン隊長にとってもも忘れがたい楽しいツアーの一つです〉

一月一日——元旦の更新は、朝六時だった。

〈初日の出は、曇っていてアウトでした。ここのところ天気に恵まれず、絶不調。「晴れオンナ」のナッコ隊員がいないと、まったくダメな隊長である。そのナッコ隊員から年賀状メールが到着。NEWパパと、すっかり仲良くなった様子。安心する。これでナッコ隊員も新しい生活を気持ちよくスタートさせることができるだろう。カセットコンロでお湯を沸かし、フリーズドライのお雑煮をつくって食べる。餅《もち》の戻し方が甘くて、固かった。大失敗。ナッコ隊員はNEWパパと復活ママと、楽しい正月を迎えているはず。それを思うと、餅の固さがひときわ歯にも胸にも染《し》みるケン隊長なのだった〉

冬休みを新しいわが家で過ごしたナッコは、三学期の始まる前夜に健のもとへ帰ってきた。

その夜のブログには、こんな文章が記されている。

〈ケン隊長がママと離婚した理由は、まだナッコ隊員には話していない（ひょっとしたらママから聞いているかもしれないけど）。小学一年生のナッコ隊員に理解できるよう、うまく説明できる自信がない。すごくわかりやすく言えば、ケン隊長はマトモじゃないぐらい飽きっぽい性格で、日常生活とか、平凡な毎日とか……そういうことがほんとうに苦手で、だから仕事も次々に変わって、パソコンを使ったデイトレードでなんとか生活費を稼いでいた。そんな隊長のいいかげんな性格に、ママは愛想を尽かしてしまったというわけだ。ナッコもそれを知ったら（いや、もう、見当ぐらいはついてるかな？）、隊長をケーベツしてしまうだろうか。サイテーの父親だと見捨てるだろうか。でも、ママが家を出てしまってからの一年間、二人で日本中を旅して回った頃は……せめて、二度と体験できないステキな思い出として、ナッコ隊員の記憶に残っていてほしい、と願う今日この頃なのである〉

そして、最新の日記は――。

〈今度、ナッコ隊員と神戸への一泊二日の旅行に出かけます。ナッコ隊員は遅くとも四月までには復活ママとNEWパパと一緒に暮らしはじめるので、たぶん、これが二人で出かける最後の冒険になります。そして……じつは、流れる雲のように生きることが理想だったケン隊長ですが、最近はちょっと別のことを考えています。平凡な毎日、フツーの人生、悪くないじゃん、って。ウチの街には、観覧車があります。観覧車は皆さんご存じのとおり、カゴに乗って何周しても、どこにも行けません。スタート地点に戻ってくるだけ。スゴロクで言うなら「ふりだしに戻る」の連続です。昔は「そんなのどこが楽しいんだ」と思っていましたが、最近は、「意外と楽しいんだろうな」という気がしています。うまく言えないなあ。自分でもよくわからない。ただ、ゆーっくり回る観覧車をぼんやり見つめていると、カゴに乗っているお客さんの一組一組や、あるいは空っぽのカゴの一つ一つが、なんともいえずいとおしく感じられるのです。オレ、ちょっとトシをとっちゃったのかな?〉

＊

土曜日の早朝――。

アヤがブンちゃんとチッキを連れて新横浜駅のコンコースに着くと、あせった顔のみどりさんに迎えられた。

「ちょっと、アヤ、大変なことになっちゃった!」

「……どうしたの?」

「ケンちゃん、ほんと……バカっていうか、ガキっていうか……」

そこに、売店でお弁当やお菓子をどっさり買った健が戻ってきた。両手に提げたお弁当は、五人分——健と、みどりさんと、アヤの一家三人。

「ナッコちゃんは？」

肝心かなめの、ナッコがいない。

健はイタズラがばれたあとにシラを切るように、芝居がかった口笛を吹いて、「神戸で会えるよ」と答えた。「新しいパパと、ママと、三人で来るんだ」

「……どういうこと？」

「結婚式、神戸で挙げるんだ」

「はあ？」

尻込《しりご》みする復活ママの由紀子さんや、NEWパパの中野さんを説得して、港の見える小さな教会を予約したのだという。

「カミさん、再婚だから入籍だけでいいって言うんだけど、やっぱりさ、こういうのはケジメだもんな。新しい家族三人と、アヤちゃんファミリーと、みどりちゃんと、俺……うん、俺も来賓だからさ」

すまし顔でさらっと言って、「イベントにしないとつまんないだろ？」と笑う。

みどりさんは「信じられない……」と天を仰いでため息をつき、アヤはただ呆然《ぼうぜん》として健を見つめるだけだった。

「さ、出発進行ってことで、元気にいきましょーう！」

健はブンちゃんとチッキを引き連れて、いっちに、いっちに、と行進のポーズで改札に向かう。その背中に、寂しさや屈託はみじんも感じられない。

みどりさんとアヤは顔を見合わせて、お互いに、笑顔とも泣き顔ともつかない表情になった。

3

新幹線では、ほとんど話ができなかった。健がブンちゃんやチッキと一緒に三人掛けのシートに座ったせいだ。

「逃げたんだよ、あれ、絶対。わたしやアヤに問いつめられるのがおっかないから、逃げてんの」

通路を挟んで二人掛けのシートに座ったみどりさんは、あきれはてた様子で、隣のアヤに小声で言っては、横目で健をにらむ。

「なに考えてるんだろ、ほんと、まともな神経じゃないよ」

アヤは苦笑いを返して、あいまいにうなずくだけだった。

確かに、ふつうなら、こんなことはしない。だからこそ、ケンちゃんらしいかも、とも思う。

「なにが新しい家族の旅立ちを祝福したい、よ。家族からはじき出されちゃったダメ親父《おやじ》の言う台詞《せりふ》じゃないでしょ、そんなの。こういうときはね、黙って、一人で、どこかのバーでお酒でも飲んで、グッと落ち込んでるのがいいの。それがオトコっていうものなの。なんでもかんでもイベントにすればいいってものじゃないんだから」

名古屋を過ぎ、京都を過ぎて、新大阪を出ても、まだみどりさんは怒っている。何度も何度も同じことを口にしては、「アヤもそう思うでしょ？」と話を振ってくる。新大阪までは、しかたなくうなずいていた。だが、新神戸まではあと少し――そろそろ、みどりさんにも機嫌を直してもらわなくてはいけない。

「落ち込んでるよ、ケンちゃん」

アヤは静かに、けれどきっぱりと言った。みどりさんが不服そうに言い返すのをさえぎって、「落ち込みすぎて、元気になっちゃったの」とつづけた。「っていうか、元気にならなきゃやっていけないぐらい落ち込んでるの、いま」

実際、子どもの頃からそうだった。虫歯ができて歯医者に連れて行かれる日にかぎって、やけにおしゃべりになっていた。歯医者に行くのが怖くて、イヤでイヤでしかたないから、次から次へと新しいギャグを思いつく。転んで膝《ひざ》をすりむいた傷が痛ければ痛いほど、泣くのではなく、逆にはしゃいで大笑いする。ビデオで『フランダースの犬』を観《み》たあとは、目を真っ赤に染めながら、部屋中をでんぐり返りする、健はそういう性格なのだ。

みどりさんもようやく怒った顔をゆるめて、「そういえば、そうだったっけね……」とうなずいた。「ヘンなところで意地っ張りなんだよね、あの子」

「そうそう、そうだよ」

「じゃあ……まあ、こっちもそれに付き合ってあげるしかないってことかな」

「だよね」

「あーあ、なんかもう、ややこしくてめんどくさい性格だね、ケンちゃんも」

アヤはクスッと笑って、おねえちゃんもね、と心の中で応《こた》えた。話がくどくなって、同意を求めることが増えるときは、ほんとうは「違うよ」と言ってくれるのを待っている——ややこしくてめんどくさい性格なのだ、これもまた。

列車はトンネルに入った。新神戸の手前の、六甲トンネルだ。健は「おおっ、夜だ、夜、いきなり夜になっちゃったぞお！」と大げさに驚いて、ブンちゃんはもちろん、チッキにまで笑われていた。

＊

新神戸駅のホームには、哲也が迎えに来ていた。

なにも事情を知らずに「あれ？　ナッコちゃんは？」ときょとんとする哲也に、健は「外だよ」と言う。「改札を出たところで待ってるはずだから」

もちろん、一人ではない。由紀子さんと、それから――。

健もてっきり中野さんが一緒なんだと思いこんでいたのか、改札口にいるのが由紀子さんとナッコの二人だと知ると、「中野さん、どうしたんだ？」と怪訝《けげん》そうに、そして心配そうに由紀子さんに訊いた。

「うん……神戸には来てるんだけど、今日は遠慮しとくって」

「なんだよ、気をつかわなくてもいいのに」

違うでしょ――と、みどりさんもアヤも思う。

「中野さんって、どうも俺には他人行儀なんだよなあ」

思いっきり他人でしょっ――二人同時に、心の中でツッコミを入れた。由紀子さんも、やれやれ、という顔になって、「どうせ明日、会うんだから」と言った。

話がちっとも見えていない哲也一人、「えっ？　なになに、明日って、どういうこと？　なにかあるわけ？」と健とアヤを交互に振り向いて首をかしげる。

「ああ、そうだ。テツも明日付き合えよ」

「だから……それ、なんなんだ？」

健は「再婚式」とは言わなかった。

「明日は、ナッコと俺のお別れ会だから」

照れくさそうに笑って、もっと照れくさそうに「で、今日はナッコと俺の卒業旅行みたいなもんだ」と付け加えた。

ふとアヤが気づくと、いつのまにか健とナッコは手をつないでいた。なんの意識もさせないほど自然なしぐさだった。そんな二人が、もう、明日からは一緒にいられないんだと思うと、こっちまで胸が締めつけられる。ひさしぶりに「なきむし姫」に戻ってしまいそうだった。

＊

地元のカメラマンと駅前で合流したみどりさんは、「じゃあ、ここからは仕事だから」と、健にスケジュール表を手渡した。いまから家族そろって神戸観光に出かけるアヤも「場所が重ならないようにしてね」とコピーを渡された。異人館、ポートタワー、南京街《なんきん》、六甲山……定番の観光スポットを手際よく回るスケジュールだったが、健は不服そうにコピーを突き返した。

「だめだよ、これじゃあ」

「なんで？」と聞き返すみどりさんの口調や表情は、すでに仕事モードになっていた。

「グラビアの流れもあるんだし、こっちもプロなんだから……」

「でも、だめだ」

健はきっぱりと言って、カメラマンに声をかけた。

「阪神大震災の被災地、回れますか」

「資料館かなにかですか？」

「いや、そうじゃなくて、街です。街を見せたいんです」

すでに神戸の街は、あの大災害を思いだせないほどきれいに復興している。だからこそ、ここで数千人のひとが亡《な》くなったことをナッコに教えてやりたい――。

最初は怪訝そうだったカメラマンも、なるほど、とうなずいた。「うれしいですね」と笑った。「ぼくの家も半壊しましたし、友だちや親戚《しんせき》が何人も亡くなってますから……まだ更地になったままの場所もあります。そこを回りましょうか」

みどりさんは「ちょっと重くなっちゃうかなあ、雰囲気」と不満そうだったが、健は迷いもためらいもなく言った。

「卒業旅行なんだから、ナッコと俺の。二人で最後に出かける場所は、ただの観光地じゃダメなんだ」

「うん……それは、わかるけど……」

「お願いします」――横からみどりさんに頭を下げたのは、由紀子さんだった。

顔を上げた由紀子さんは、「彼、ずっとそうやって、ナッコを連れて日本中を回ってきたんです」とつづけた。「世の中にはいろんな景色があって、いろんなひとたちがいて、みんな、それぞれの生活を一所懸命がんばって生きて、死んで、また新しい命が生まれて……っていうのを、彼、ずっとナッコに教えてくれてたんです。だから、最後まで、それをやり通させてあげてほしいんです」

かつての夫をかばうように、いたわるように、そして誇るように、由紀子さんは言った。

みどりさんがその思いに気おされたように「わかった、うん、そうする」とうなずくと、由紀子さんはホッとした笑顔になって、「ナッコのこと、よろしくね」と健を振り向いた。

健は肩をすぼめ、うつむいて、「撮影が終わったらホテルまで送っていくから」と言った。

そんな二人を見ていると、アヤの胸はまた締めつけられる。

誰よりも健のことがわかっているのは由紀子さんで、でも、わかっているからこそ、それぞれ別の道を進むことを決めたわけで、なんとなく二人は憎しみ合って離婚したわけじゃないだろうという気がして、でも、それが逆に、夫と妻が一生を連れ添うことの難しさや深さを教えてくれているような気もして……。

ふと見ると、ナッコはいつのまにか由紀子さんとも手をつないでいた。右手は健とつないで、左手は由紀子さん——昔はずっとそうやって、家族三人で散歩していたのだろう。そして、最後の最後にナッコが手を離すのは、健のほう……。

だめだ。最近はずっとごぶさただったのに、やっぱり「なきむし姫」になってしまった。

哲也の背中の後ろに隠れた。「どうした?」と訊く哲也に、「動かないで」と言って、うつむいた。

声を押し殺していても、涙は次々に頬を伝う。

そっと、哲也の背中におでこを預けた。哲也はなにも言わず、振り向きもせず、その代わり、後ろ手でハンカチを差し出した。

「……ありがと」

「だいじょうぶだよ、いま、みどりさんもケンも、ルートの確認してるから。俺の服で拭《ふ》いてもいいし、涙」

「うん……ありがと、ほんと……」

涙を受け止めてくれるひとが、いる。

それがなによりも幸せなことなんだと、いま、気づいた。

4

「パパ、お酒くさーい！」

チッキの甲高い声に、哲也は頭を抱え込んだ。

「……ちょっと悪い、あんまり大きな声出さないでくれ……二日酔いで、ほんと、キツいんだ……」

「だって、くさいんだもーん！」

さらに甲高くなったチッキの声に、哲也は左右のこめかみを親指と人差し指で挟んで、「うぐっ……」とうめいた。

「だいじょうぶ？　はい、これ」

アヤは外の自動販売機で買ってきたスポーツドリンクを差し出した。教会には、もちろん、二日酔いの薬などは置いていない。ロビーの天井にはめ込まれたステンドグラスのマリア様に、思わず「不謹慎な夫をお許しください……」と十字を切りたくもなってしまう。

ベンチに座ってスポーツドリンクをがぶがぶと飲んだ哲也は、ようやく人心地ついた顔になって、「ケンはどうだ？」と訊いてきた。

「近所のファミレスでおねえちゃんがフォローしてる」

「ぶっ倒れてるのか」

「っていうか、まだ酔ってるって、おねえちゃん怒ってた」

「……そうか」

「ゆうべ、何時までお酒飲んでたの？」

「三時だったかな……四時だったかな。俺はもう、十一時ぐらいで帰ろうって言ってたんだけど……あいつを一人で飲ませるわけにもいかないだろ」

「それはそうだけど……」

やれやれ、とアヤはため息をついた。飲まずにはいられない健の気持ちもわかるし、付き合うしかなかった哲也の気持ちもわからないわけではない。オトコ同士の友情が、ちょっとうらやましくもある。

だから——つい、訊きたくなった。

「どんな話をしてたの？」

やっぱり、愚痴をこぼしたのだろうか。ナッコと別れる寂しさを、切々と語りつづけたのだろうか。由紀子さんへの未練や、中野さんへの恨み言も……そういうことはケンちゃんには言ってほしくないな、と思いながらも、ゆうべは特別なんだから、とも思う。酔いつぶれたすえに泣きだしてしまったとしても、笑ったりしない。絶対に。

だが、哲也はスポーツドリンクの残りを飲み干して、「心配してたぜ、ウチのこと」と言った。

「はあ？」

「ほんとに三月で東京に帰れるのか、って。アヤも一年間は気持ちが張ってるからがんばれたけど、二年目になるとキツいんじゃないか、って」

「……ひとんちの心配してる場合じゃないでしょ」

「あとは、昔の話もけっこうしたなあ。あいつ、いろんなことよく覚えてるんだよ。

俺がいじめられた話とか、アヤが泣いた話とか、ひとの失敗したところばっかり」

「それだけ？」

「あとは……まあ、世間話だな」

「だって、飲み明かしたんでしょ？　ケンちゃん、自分の話はしなかったわけ？」

アヤが勢い込んで訊くと、哲也は「頭に響くんだよ、声が」と苦笑交じりに顔をしかめ、ふと真顔に戻って、「そういうものだよ、オトコ同士の酒なんて」とつぶやくように言った。

まだ納得のいかないアヤが「だって……」と言いかけたとき、ロビーに由紀子さんとナッコが入ってきた。そして、中野さんも――ちょっと居心地悪そうに、肩をすぼめて。

中野さんは、健とは対照的に、いかにもまじめそうなひとだった。だが、冷たさはない。由紀子さんに紹介されてアヤと哲也に挨拶《あいさつ》をするときには緊張気味だったが、ブンちゃんとチッキに「こんにちは」と声をかけるときの笑顔は、とても穏やかで、あたたかく、子ども好きなところは健と似ているのかもしれない。

「お待たせしましたーっ」

みどりさんが入ってきた。つづいて、健が――「ほら、なにやってんのよ、みんな待ってんのよ」とみどりさんに叱《しか》られながら、ふらつく足取りでロビーに姿を見せた。髪はぼさぼさで、服も皺《しわ》だらけ。「いや、どうもどうも……」としわがれた声で誰にともなく言って、へへっと笑う。確かにまだ酔っているのかもしれない。みどりさんも、由紀子さんにそっと「ケンちゃん抜きで式を挙げたほうがいいかも」と耳打ちしたほどだった。

だが、まじめな中野さんは、居住まいを正して健に向き合った。

「初めまして、わたくし、中野と申します」

ていねいに挨拶をして、ていねいにおじぎをする。

健はあいかわらずへらへら笑い、足元をふらつかせながら言った。

「ナッコは……俺の娘とは思えないほど、いい子です」

声は酔っている。顔も酔っている。それでも、アヤにはわかる、言葉は真剣だ。

「ナッコのこと、かわいがってやってください。よろしくお願いします。ほんと、幸せにしてやってください……」

中野さんは小さくうなずいて、「新庄さんの娘さんだから、いい子なんですよ」と言った。「いままで、こんなにいい子に育ててくださって、ありがとうございました」

中野さんの言葉にも、嘘《うそ》やごまかしはなかった。

だからこそ、健は急に照れてしまい、困り果てた様子で体をもじもじさせた。

「いや、あの……俺は、べつに……っていうか、親らしいことなにもしてなかったし……あの、中野さん、俺のことよく知らないからそう言ってくれるけど……なあ、アヤちゃん、テツ、俺ってダメ親父だよなあ、サイテーだよなあ」

知ーらないっ、とアヤとテツはそっぽを向いて、笑いと、涙を嚙《か》み殺した。

「それで、新庄さん、一つ申し上げたいことがあるんです」

「はあ……」

「わたくし、今日から、ナッコちゃんのパパになります」

健は「……ですよね」とうつむきかけた。

だが、中野さんはつづけて言った。

「でも、ナッコちゃんのお父さんは、あなたです」

顔を上げた健に、中野さんは、とびきりの笑顔を浮かべて「これからも、ずうっとね」とつづけた。「お父さんから大切なナッコちゃんをお預かりしたつもりで、一緒に暮らします。でも、ときにはナッコちゃんと会ってあげてください。相談にも乗ってあげてください。あなたがナッコちゃんのお父さんだっていうのは、永遠に変わらないんですから」

アヤは思わず哲也の手を握りしめた。哲也もその手をギュッと握り返した。

由紀子さんがナッコの肩を軽くつついた。

ナッコはこっくりとうなずいて、一歩、二歩と健に近づいていく。

手に持った小さな包みを、胸に掲げる。

「お父さん……これ、あげる」

バレンタインデーのチョコレートだった。

健は、まるで表彰式のようにぎごちなく、照れくさそうに、それを受け取った。

真っ先に拍手をしたのは、由紀子さん。中野さんがそれにつづき、みどりさん、アヤ、哲也も、拍手を贈る。ブンちゃんも意味がよくわからないまま、小さな手をパチパチと叩《たた》き、もっと意味がわかっていないチッキは、バンザイ三唱まで始めてしまった。

礼拝堂から鐘の音が聞こえた。

健は「よーし、行くぞっ」と歩きだした。

だが——もう、ナッコとは手をつながなかった。

第九章　春がこっそり

1

最初で最後のチャンスなんだと、留美子さんはアヤに言った。

「ここを逃すと、また来年一年、このままなのよ。アヤさん、あなた、それでいいの？」

ブンちゃんと和彦くんのクラス担任のこと、だった。

「一年生は、勉強がどうこうっていうより、学校に慣れることがいちばん大事なんだから、まあ、水谷先生みたいなひとでもぎりぎり許せるわよ。でも、二年生っていったら、覚えなきゃいけない漢字もいっぺんに増えるし、算数だって、かけ算が始まるのよ。九九、始まっちゃうのよ。担任の先生の実力が問われるの。わかるでしょう？」

水谷先生ではだめだ、というのが留美子さんの考えだった。だめな先生に一年間教わってしまうと、一生の損失だ、とまで言い切った。

だから――。

「いまなら、まだ間に合うの。逆に言えば、ここで動かないと、四月から一年間、あの先生から逃げられなくなっちゃうわけ」

いまは三月。二年生のクラスは、一年生から持ち上がりなので、ふつうなら担任も水谷先生がそのまま務めることになる。留美子さんには、それが許せない。三月のうちに校長先生に直談判《じかだんぱん》して、四月からの担任を替えてもらうべく訴えようとしているのだ。

「これは親としての当然の権利だし、子どもの将来のことを考えると、義務だとも思うのよ」

なにを大げさな……とは、思う。前もって回ってきたクラスの秘密の連絡網でも、みんな、留美子さんの剣幕に圧倒されながらも、あきれていた。

だが、留美子さんにも留美子さんなりのスジはある。

「ブンちゃんから聞いてない？　一組さんのこと」

「なんだっけ……」

「一組さんは二月いっぱいで一年生の教科書をぜんぶ終えちゃって、いまはプリントで二年生の予習してるっていうのよ。すごいでしょう？　でも、それ、子どもの問題じゃないわよ、先生よ、先生の差が、そういうところに出るの。やっぱり遠山先生はベテランだから、教え方のツボをちゃんと押さえてるのよ。だから、きちっと、計画どおりに進むの」

じつを言うと、そのことはアヤもブンちゃんから聞いて知っていた。ブンちゃんは「教科書が早く終わったんなら、あとは遊ばせてくれればいいのにね」とのんきなことを言って、「ぼく、二組でよかったあ」と屈託なく笑っていたのだ。

一方、水谷先生は、教科書を終業式までに終えられそうもない。国語も、算数も、生活も、最後の一単元を積み残してしまった。初めて教壇に立つ一年生教師だけに、ペース配分を間違ってしまったのだ。

「信じられない話でしょ？　新米だろうがなんだろうが、『プロ』なんだから、最低限のことはしてもらわないと、こっちは先生を選べないんだから」

水谷先生は、駆け足でとりあえず教科書を終えるのではなく、たとえ時間がかかってもいままでどおりのペースで教えることを決めた。だから、二年生に進級しても、しばらくは一年生の教科書の残りを勉強することになっていて、先週配られた学級通信には、お詫《わ》びの言葉とともに「一年生の教科書は処分なさらないようお願いします」とも書いてあった。

その決断が、留美子さんをさらにカリカリさせる。

「いい？ これ、すごーく簡単な理屈なのよ。一年生の教科書でさえ終わらない先生が、二年生の教科書を一年間できちんと終えられると思う？ しかも、この調子だと、二年生の教科書を使いはじめるのは四月の後半……ヘタすればゴールデンウィーク明けからになっちゃうわよ。一組さんとの差は開く一方でしょ。来年のいまごろは、また積み残しが出てるわよ。もう、保証してもいい、わたしが」

きっぱりと言った留美子さんは、さらに来年のシミュレーションをつづけた。

「今年みたいに、四月に食い込んでも教科書を最後までやります、なんてことは言えないんだよ。クラス替えなんだから。一組の子と一緒になって、三年生の授業を受けなきゃいけないんだから。わかる？ 二組の子は、二年生の教科書が途中で終わったまま三年生になっちゃうのよ。そんなの許されると思う？ 大問題よ。同じ学校に通って、同じ税金を払ってて、なんでそんな差別を受けなきゃいけないわけ？」

それ、「差別」とはちょっと違う……と思っても、いまの留美子さんには言えない。

ヘタに切り返すと、アツくなり、キレてしまって、よけい話が長引いてしまうだろう。

「わたしはね、エゴでこういうことを言ってるわけじゃないのよ。アヤさんはよーく知ってると思うけど、ウチのカズくんは、べつに水谷先生に教わらなくてもだいじょうぶなの。もう、家の勉強では二年生の参考書も使ってるんだから」

結局、話はそこ——和彦くん自慢に向かってしまう。

だが、ブンちゃんによると、水谷先生の授業が遅れ気味になる原因の一つが、和彦くんだという。和彦くんがいちいち先生の話の腰を折って「ぼく、知ってるよーっ」「本で読んだことあるもーん」「先生、ぼくに説明させて！」と割って入るので、それで授業が止まってしまうのだ。まったくイヤミでゴーマンな子で、さっきの留美子さんの言葉を借りるなら「同じ学校に通って、同じ税金を払ってて、なんでそんな同級生とお付き合いしなくちゃいけないわけ？」になるのだが……もちろん、留美子さんはそれにはいっさいふれない。

「だから、わたしはカズくんのために言ってるわけじゃないの。他の子どもたちがかわいそうだから、言ってるの。ブンちゃんだって、もっと教え方が上手な先生に習ったら、算数が得意になるんじゃない？」

よけいなお世話だった。確かにブンちゃんは算数が苦手で、二年生の授業についていていけるかどうか本人も心配している。だからこそ、水谷先生の授業ののんびりしたペースが、その不安を優しく包み込んでくれていたのだ。

幼稚園の頃はしょっちゅう休んでいたブンちゃんが、今年は入学式を休んだだけで、あとは皆勤賞だった。学校に行くのを嫌がったことも一度もないし、夏休みや冬休みの終わり頃になると、「早く学校始まらないかなあ」とまで言っていた。水谷先生のおかげだ。それはもう、間違いなく。

「だから、やっぱりこれしかないと思うわけ」

留美子さんはパソコンでつくった〈来年度のクラス担任変更を希望します〉の署名用紙をアヤに差し出した。クラスの過半数の十八枚集まったら校長先生に提出するのだという。

「もし、いまサインしてもらえるんなら、もらって帰るけど」

「あ、でも……ちょっと……」

「反対？」

「ってわけじゃないんだけど……」

「じゃあ賛成してくれるのね？」

「あ……でも……もうちょっと考えて……」

煮え切らなさが、自分でも情けない。

留美子さんに先に署名用紙を渡された、他のママたちもみんなそうだった。困りはてていた。もしも「そんなことやめようよ」と断ったら、留美子さんを敵に回してしまう。しかし、留美子さんにやむなく従って署名をしたら、今後は確実に子分扱いになるだろう。進むも地獄、退《ひ》くも地獄——同じ地獄なら、せめてみんな一緒に……と考えることじたい、情けない話なのだけど。

「じゃあ、じっくり考えて返事ちょうだい」

留美子さんは、なんとか即日回収だけは許してくれた。

ただし、「時間がないんだから、あまり引き延ばさないでね」と釘《くぎ》を刺すときの目は、わかってるでしょうね、とキラリと光っていた。

2

水谷先生をめぐる不穏な動きは、ブンちゃんには決して知られないようにしてきた。だが、こういう話は、オトナ以上に子どものネットワークのほうが敏感に察知するものだ。

「ママ、水谷先生がクビになっちゃうってマジ？」

留美子さんから署名用紙を受け取った翌日、学校から帰ってくるなり、ブンちゃんは言った。

和彦くんが話していたのだという。しかも、あのイヤミなガリ勉くんは、首謀者が自分の母親だと知っているのかいないのか、「お父さんやお母さんがみんなで話し合って、先生をクビにすることになったんだぜ」と言っていたらしい。

「ねえ、ママも悪の軍団の一味なの？」

口をとがらせ、上目づかいでアヤをにらんだブンちゃんは、「ぼく、ぜーったいにイヤだからね、そんなの！」と細い声をせいいっぱい張り上げる。

「わかってるわよ、ママだって水谷先生のこと大好きなんだから、そんなことするわけないでしょ」

「じゃあ、ママは悪の軍団に入ってないの？」

「……悪の軍団とかって言い方、やめなさい」

「だって悪の軍団なんだもん、みんなで決めたんだもん」

「みんなって、和彦くんも？」

「そーだよ、だってあいつが名前を付けたんだもん、悪の軍団って」

「……和彦くんは、じゃあ、水谷先生のことが好きなわけ？」

「うん、あいつ、大、大、大好きだよ。だから授業中とか、先生にかまってほしくて、チョーうっさいんだもん」

なるほど、とアヤはうなずいて、思わず漏れそうになったため息を呑《の》み込んだ。和彦くんはなにも知らない。留美子さんは、いちばん肝心なことを伝えていない。

なんだか厄介なことになりそうな……と不吉な予感が頭の片隅をよぎった。じっとこっちを見つめるブンちゃんの視線に気づいて、あわてて目をそらすと、ブンちゃんはそれを追いかけるように「だいじょうぶだよね？」と訊《き》いてきた。「ママ、絶対に悪の軍団になんか入ってないよね？」

返事のテンポが少し遅れた。「あったりまえじゃない」と笑う顔もひきつってしまった。

だが、ブンちゃんはそのぎごちなさには気づかず、ホッとした笑顔を浮かべて、「よかったあ！」とアヤに抱きついた。

クラスのみんなで決めたのだという。

今日、家に帰ったら悪の軍団の正体を暴《あば》いて、復讐《ふくしゅう》してやる――。

「復讐って……どんなことするの？」

「親が悪の軍団に入ってるヤツがわかったら、そいつをみんなでいじめるの」

「バカなこと言うの、やめなさい」

「だって、それ、カズが決めたんだもん」

頭がクラクラした。底意地の悪い秀才ならではの和彦の悪知恵は、いわば自殺行為だった。

「でも、マジ、ママが悪の軍団に入ってなくてよかったあ」

ブンちゃんは屈託なく言って、玄関に駆けだした。

「遊びに行ってきまーす」

「誰と遊ぶの？」

「ひさしぶりに、ケン隊長と公園で集まるの！」

ナッコが転校して以来、一年二組のＰＴＡ会員ではなくなった健とは、しばらく連絡をとることがなかった。留美子さんがここにきて強気な行動に出ているのも、健がいなくなったせいだ。

「みんな集まるの？」

「そう、男子はほとんど、あと女子も四、五人来るって。ツクシを摘もうぜ、って隊長が言ってたから」

「……和彦くんも？」

「カズ？　あいつは休み。塾があるって言ってたから」

「ちょっと待って、ブン。ママも一緒に行くから」

「はあ？」

「ママも、ひさしぶりにケンちゃんに会いたいし」

こういうときに相談できる相手は、やはり、健しかいない。

急いで出かける支度をしていたら、電話が鳴った。

「いいよいいよ、ぼくが出るから」と受話器を取ったブンちゃんは、短いやり取りのあと、「マジ？」と声をあげた。

電話を切るとすぐ、「ママ、大変！」と駆けてくる。

「悪の軍団のリーダー、わかった！　ヨシノリのママが教えてくれたの！」

背筋がひやっとしたアヤに、つづけて——。

「カズのママなんだって！　カズんちのおばちゃんが、水谷先生をクビにしようって、みんなを誘ってるんだって！」

＊

公園は、自然と和彦くんの欠席裁判の場になってしまった。健のことなどほったらかしで、みんな口々に「信じらんねーっ」「あいつのかーちゃんってサイテー」と和彦くんを責め立てる。そして、明日からは和彦くんをみんなでシカトしよう、と話はまとまりつつあった。

止めなければ……と、アヤは何度も話に割って入ろうとしたが、大好きな水谷先生を救うために一致団結しているみんなは、聞く耳を持たない。中には「ブンのママ、カズのママの味方になるってこと？」と食ってかかる子もいる始末で、このままだとブンちゃんまでマズい立場になりかねない。

困りはてたアヤに、健は「なにがあったか知らないけど、いまは親が口を出さないほうがいいと思うぜ」と言った。

そして——。

「俺にまかせろ」

頼りがいのあるガキ大将の顔になって、言った。

3

健は子どもたちを整列させて、力強く言った。子どもたちも、いつ練習していたのか、「オーッス!」と声をそろえて応《こた》える。

「隊員諸君!」

「諸君も知ってのとおり、緊急事態が発生した。一年二組の大ピンチであるっ」

芝居がかった、しかつめらしい口調で言う。ベンチに座るアヤは苦笑したが、健も子どもたちも真剣そのものだった。

「わが旭ヶ丘ウルトラスーパーチャレンジ警備隊に、出動の指令が下ったっ」

何人かはガクッとずっこけそうになったが、それも一瞬のことで、みんなすぐに頬をキリッと引き締める。

「みんな、水谷先生のことが好きか?」

「はいっ!」

「来年も、水谷先生にクラス担任になってほしいか?」

「はいっ!」

「よーしっ」

健は満足そうに大きくうなずき、「じゃあ、あとはみんなで考えろ」とだけ言って、子どもたちに背中を向けて、アヤのもとに戻ってきた。

「それだけ？」きょとんとして、アヤは訊く。「なにかいいアイデアがあるんじゃなかったの？」

健は「ないよ」とあっさり答えてアヤの隣に座る。「俺にはなにもないけど……子どもたちが見つけるよ」

「だって、さっきは『俺にまかせろ』って言ったじゃない」

「子どもたちにまかせろ、ってことを俺にまかせろ、っていう意味だよ」

けろっとした顔で言った健は、だいじょうぶ、とサムアップした。

「あいつらも、もうすぐ二年生なんだから。ブンだって四月の頃に比べると、ほんと、しっかりしてきたぞ」

確かに、話し合いの輪の中にいるブンちゃんは、みんなの話にちゃんとついていって……いや、むしろ、話し合いをリードしているようにも見える。「やっぱり悪の軍団をやっつけるしかねーよ」と誰かが言ったのをきっかけに、「そーだよ、カズのかーちゃんが一番悪いんだから」「かーちゃんが悪いってことは、カズも悪いんだよ、責任あるんだよ」とマズい方向に流れかけた話を、「だめだよ」と食い止めたのも、ブンちゃんだった。「カズはなにも知らなかったんだし、そんなことしたら水谷先生が悲しがるじゃん」——そんなことを言うようにもなったのだ、あの甘えん坊のブンちゃんが。

「でも……」照れ隠し半分に、アヤは言った。「ウチだと、全然ダメなんだけどね。チッキのほうがずっとしっかりしてるもん」

「そりゃそうだよ」健はあっさり、きっぱり、すっきりした笑顔で返す。「親の前だと、子どもってのはそんなもんなんだ」

「そうなの？」

「子どもは、親の見てないところで育つんだよ。親だってそうだぜ。育つんだ、親も」

「そうなのかなあ」

「あたりまえだろ。アヤちゃんは、ブンちゃんの親をやるのは初めてなんだから。最初からカンペキにやれるわけないんだ。ちょっとずつ親になっていくんだよ、みんな」

励ましてくれているのだろうか？

「じゃあ、チッキが小学校に入ったら、わたしもいまより少しはしっかりしてるよね。二人目なんだから、ちょっとは進歩しないと」

「違うよ」

「……なんで？」

「チッキは『二人目』なんかじゃない。子どもに『一人目』も『二人目』もないんだよ。ブンちゃんはブンちゃんだし、チッキはチッキだし、アヤちゃんはブンちゃんの親を初めてやってるのと同じように、チッキの親も初めてやってるんだ」

そうだろ？　と健は笑う。なるほどね、とアヤも笑い返す。

子どもたちの話し合いは少しずつまとまってきたようだ。

水谷先生の授業の進み方が遅いのは、先生の要領が悪いだけではなく、教室がいつも騒がしくて、みんな授業に集中していないからだ――と、子どもたちも気づいた。

授業中の私語は禁止。満場一致で決まった。予習復習をしっかりやってから学校に来ること。これも、みんな「さんせーい！」と声をそろえた。

昼休みや放課後に、みんなで勉強会をする。そのときの先生役は、ブンちゃんの提案で和彦くんになった。さすがに「ええーっ？　カズかぁ」「あの子、いばるし」「性格チョー悪いし」と反対意見はないわけではなかったが、ブンちゃんは「算数はカズが一番得意なんだから」と譲らなかった。

べつに和彦くんに気をつかったわけでも、留美子さんの無言のプレッシャーを感じたわけでもない。素直に、屈託なく、「カズは意地悪だけど、いいところもあるんだよ」とまで言う。確かにブンちゃんは成長した。アヤもそれは認める。なんとなく、これからは留美子さんともうまくやっていけるんじゃないかな、とも思う。

「張り切ってるなあ、あいつら」

健はうれしそうに言う。

「でも、勉強会なんて、ほんとにできると思う？」

アヤが苦笑交じりに訊くと、「無理だよ」と、うれしそうな顔のままつづける。「せいぜい一週間ってところじゃないかな。子どもってのは盛り上がるのも早いけど、飽きるのも早いから」

「でも、それじゃあ……」

「いいんだよ、それでいいんだ。自分たちで話し合って、自分たちで決めて、自分たちでなにかをやろうとすれば、もう、それだけで立派なことなんだよ。親や先生から言われたことをきちんとこなすより、そっちのほうがずうっと大切なんだと思うぜ、俺は」

珍しく、スジミチの通った言葉を連発する。話のどこでズッコケるんだろうと思っていたが、最後までまじめなまま、健はゆっくりとベンチから立ち上がる。

まさか——。

アヤの胸によぎる不安は、健の満面の微笑《ほほえ》みで、ふわっと包み込まれた。

「テツとも最後に会いたかったけど……まあ、あいつにもよろしく言っといてくれ」

「引っ越しちゃうの？」

「ああ。もう荷物は昨日処分したから、あとは身一つだ」

「……どこに引っ越すの？」

「銀河系の彼方《かなた》」

「ちょっとぉ……」

「タイムマシンで、ガキの頃にでも戻ってみるかな。悪ガキのケンちゃんと、優等生のテツと、なきむし姫のアヤちゃん、黄金トリオ復活って感じで」

「いいかげんにしてよ、真剣に訊いてるんだから」

健はヘヘッとイタズラ坊主の顔になって、「アメリカでもぶらついてくるわ」と言った。軽い口調だからこそ、これが正解なのだろう、とアヤは思う。

「帰ってくるんだよね？」

答えは、なかった。

代わりに——。

健は表情をオトナの顔に戻して、言った。

「観覧車って、面白いよな」

唐突に言う。けれど、冗談で紛らしているわけではなさそうだった。その証拠に、表情はオトナの顔のままだ。

「同じ輪っかなのに、カゴは別々で、すぐ近くにいても、絶対に追いつくことはできないし、カゴを途中で乗り換えることもできない」

「うん……」

「カゴに乗ってると、ほかのカゴも一緒に回ってるのに、自分のカゴだけがぽつんと空に浮かんでるような気もするし、逆に、自分だけだと思ってたら、まわりのカゴに気づいて、ホッとしたり、がっかりしたりするときもあって……面白いよ、ほんとうに」

健の肩越しに観覧車が小さく見える。ここからでは距離がありすぎて、カゴの動きはほとんどわからない。けれど、カゴは、ゆっくりと、少しずつ、止まることなく、動きつづけている。

「俺のカゴから、アヤちゃんのカゴが見えるよ。ブンとチッキも一緒に乗ってる。で、この一周は三人きりだったけど、下まで戻ったら、またテツが乗り込んで、四人になるんだ」

「ケンちゃんのカゴは？　わたしのカゴからは見えないの？」

「うん……見えない」

きっぱりと言った。それが、すべての——アヤが訊かなかったことも含めて、すべての答えだった。

「でも、同じ輪っかのどこかにあるんだよね？　あるよね？」

アヤの声に涙がうっすらと交じる。

健は少し間をおいてうなずいて、「俺、カゴの中で騒いでるから、ぐらぐら揺れてるよ」と、子どもの顔になって笑った。

「さっき言い忘れたこと、言っていいか？」

「うん……」

「ブンも成長したけど、アヤちゃんも成長した。この俺サマが認めるんだから、自信持っていいぞ」

「うん……ありがと……」

声が震える。胸が熱いもので一杯になる。笑え、笑え、笑って見送らなきゃ、と自分に言い聞かせた。

「アヤちゃんとテツにまかせるからな、旭ヶ丘ローリングサンダー軍団の二代目隊長」

「……あのー、さっきと名前違ってるんですけど」

やっと笑えた。「あれ？　そうだっけ？」と、とぼけて首をかしげる健も、笑った。

「ねえ、ケンちゃん、わたしもさっき言い忘れたこと言っていい？」

「なに？」

「子どもって親の見てないところで育つって言ったじゃない、ケンちゃん。それって、友だちも同じだと思う。友情だって、会ってないときにどんどん育つと思うんだ、わたし」

健は大きくうなずいて、サムアップで応えた。

そして、アヤに背中を向けて、歩きだす。

「電話とか手紙とかメール、くれるんでしょ？」

健は振り向かず、立ち止まらずに、ＯＫマークをつくった右手を掲げた。

「約束だからね！　手紙、ぜーったいに出してよ！」

健が遠ざかる。

「絵ハガキ一枚でいいんだからね！」

遠ざかる。

「団地から引っ越したときには約束破ったんだから、今度こそ、守ってよ！」

遠ざかる。

「元気でね！」

なきむし姫に戻ってしまったアヤを振り向くことなく、健の背中は、やがて見えなくなった。

4

旭ヶ丘ニュータウンは、満開の桜のピンク色に染め上げられた。三月の最後の日曜日――恒例の『さくらまつり』が開催されている駅前は、ふだんの休日よりもさらににぎわっている。

「ママ、もうすぐ？　もうすぐ？」

改札口の柵《さく》につかまったチッキが、待ちわびた声で訊く。

「うん……次の快速に乗ってるんじゃないかな、たぶん」

　アヤが答えると、横からブンちゃんが「おみやげ、あるのかなあ」と言った。

「なに言ってんの、パパがいれば、それがもう最高のおみやげじゃない」

「ママはそれでいいかもしれないけどさあ、神戸ってチョコレートが美味《おい》しいんだよね、あと、カズがネットで調べたら、肉まんも名物なんだって」

「へえーっ、カズくんってインターネット使えるんだ」

「うん。ママに特訓受けてるんだって」

　やれやれ、と苦笑した。

「でもさあ、あいつも大変だよね、あれだけ母ちゃんに期待されちゃうと」

「なに生意気なこと言ってんの。それにカズくんにはお世話になったんでしょ、二組のみんな」

「まあね、でも、あいつも友だちたくさんできたんだから、おあいこだよ」

　ほんとうに、まったくもって、生意気になった。

　だが、あの日に公園で決めた勉強会を終業式の日までつづけられたのは、先生役をつとめる和彦くんのおかげだった。意外と、教え方が上手《うま》かったらしい。「あいつ、学校の先生に向いてるんじゃないかなあ」とブンちゃんも言っていた。

和彦くんが毎日、「ほら、もっとわかりやすく説明しなきゃ通じないわよ」「丸暗記だけじゃなくて、たくさん練習問題やらせなきゃダメじゃない」と留美子さんに特訓を受けていたことは——もちろん、ブンちゃんにはナイショだ。

「最初は、先生の代わりに教えるなんて時間がもったいないと思ったのよ」と、留美子さんは言っていた。だが、和彦くんが同級生の先生役になるというのは、留美子さんのプライドも心地よくくすぐってくれたようだ。

「カズくんも一人でどんどん先に進んじゃうだけじゃなくて、デキの悪い子に教えてあげることで、人間として、また一回り大きくなると思うの。ほら、リーダーになる子は、下の子の気持ちもわかってないといけないんだから」

悪気はまったくないのだ、これでも。

だから——留美子さんは、水谷先生を二年生のクラス担任からはずすことを、あっさり撤回した。頼りない先生のクラスにいたほうが和彦くんの優秀さがきわだつ、と考えたのだ。

四月からも、前途多難……では、ある。だが、その多難な前途を、どーんと来い、と受け止める余裕が、いまの自分にはある、ような気がする、と思いたい。

哲也のいないわが家を、一年間、守り抜いてきたのだ。一人でがんばってきたのだ。

そして、それも、今日終わる。

「ママ、まだ？　まだ電車来ないの？」

チッキは退屈して柵をよじ登りはじめた。

そんなことしちゃダメっ、とアヤはあわててチッキの背中を抱きかかえて下に降ろす。確かに健の言うとおりだ。チッキは「二人目」の子どもなんかじゃない。おとなしいブンちゃんよりもずっとワンパクで、オテンバで、生傷が絶えない――この世界でたった一人の、チッキだ。

「ねえ、チッキ」

「なーに？」

「来週からチッキも年長組さんなんだから、年下の子をポカポカぶったりしたらダメよ、いい？」

「はーい」

「あと、砂場に落とし穴も掘らないの。わかった？」

「はーい」

「すべり台は座ってすべるの。立ったままだったら、落っこちちゃうかもしれないでしょ。ママ、先生に叱《しか》られちゃったんだからね」

先週のことだ。幼稚園の園庭のすべり台を、チッキは立ったままダッシュで駆け下りていたのだという。開園から十五年になるあさひ幼稚園の歴史の中で、こんな危険な遊びをした子どもはいない。ちなみに、卒園まですべり台のてっぺんに一人で登れなかった子も、ブンちゃんが唯一《ゆいいつ》だった。

ブンちゃんのときも大変だったけど、チッキはチッキで、またいろいろ大変なんだろうな……。

先が思いやられるなあ、とため息をついた。だが、息を吐き出したあとは、自然と笑顔になる。いろいろ大変なことがありそうな「先」を誰よりも楽しみにしているのも自分だということを、アヤは知っている。こんなふうにして少しずつ親として育っていくんだろうな、とも思う。

「ママ」ブンちゃんが言った。「ほんとに、観覧車乗り放題なの?」

「そうよ。そのために、ほら、これ見てごらん」

観覧車の回数券の束をブンちゃんに見せた。

今日はこれから観覧車に乗る。乗りつづける。何周でも、何十周でも、家族四人で乗る。カゴの中で哲也に話したい。この一年間に起きたさまざまな出来事や、この一年間で考えたさまざまな思いを、すべて、伝えたい。一周や二周ですむはずがない。

ほんとうに、この一年間、いろいろなことがあって、いろいろなことを考えたのだから。

「あ、ママ、電車来たよ！」

チッキが声をはずませた。ブンちゃんも、いち早くパパを出迎えるために、改札口の正面に向かって駆けだした。

「お兄ちゃん、待って！　わたしも！」

ダッシュしたチッキは、あっさりブンちゃんを抜き去った。あせったブンちゃんは、足をもつれさせて、ドテッと転んでしまう。

やれやれ、とアヤは苦笑して回数券をバッグにしまい、入れ代わりにハガキを取り出した。

写真をプリントしたハガキだ。夏にバーベキューをしたときに撮った、アヤを真ん中に哲也と健が並んだ写真だった。

文面は、へたくそな殴り書きの一言だけ。

〈テツ、なきむし姫を頼んだぞ！　成田にて・ケン〉

それでいて、ハガキの消印は沖縄になっているところが、なんというか、健らしいのだ。

もう一度、ハガキを裏返して、健の笑顔を見つめ、ふふっと笑って、バッグにしまう。

電車がホームに滑り込んで停まった。

「ママ！　早く早く！」「なにやってんの、パパ、降りてくるよ！」と手招きするブンちゃんとチッキにうながされて、アヤはゆっくりと歩きだす。

大きなスーツケースと、おみやげの紙バッグをいくつも提げた哲也が、ちょうどいま、電車から降りてきた。

「パパ！」

ブンちゃんがジャンプしながら声をかける。

「パパ！」

チッキはまた改札の柵をよじ登ろうとする。

二人に気づいて、よお、と笑う哲也に、アヤは大きく手を振った。

「お帰り！」

風に乗って運ばれてきた桜の花びらが一枚、ひらひらとホームに舞い落ちた。

本作は、主婦の友社「Ｃｏｍｏ」に二〇〇五年四月号から二〇〇六年九月号まで連載された「なきむし姫」に加筆修正をした、文庫オリジナル作品です。

重松清著 **星に願いを** —さつき断景—

阪神大震災、オウム事件、少年犯罪……不安だらけのあの頃、それでも大切なものは見失わなかった。世紀末を生きた三人を描く長編。

重松清著 **あの歌がきこえる**

友だちとの時間、実らなかった恋、故郷との別れ——いつでも俺たちの心には、あのメロディーが響いてた。名曲たちが彩る青春小説。

重松清著 **みんなのなやみ**

二股はなぜいけない？ がんばることに意味はある？ シゲマツさんも一緒に困って真剣に答えた、おとなも必読の新しい人生相談。

重松清著 **青い鳥**

非常勤の村内先生はうまく話せない。でも先生には、授業よりも大事な仕事がある——孤独な心に寄り添い、小さな希望をくれる物語。

重松清著 **せんせい。**

大人になったからこそわかる、あのとき先生が教えてくれたこと——。時を経て心を通わせる教師と教え子の、ほろ苦い六つの物語。

重松清著 **卒業ホームラン** —自選短編集・男子編—

努力家なのにいつも補欠の智。監督でもある父は息子を卒業試合に出すべきか迷う。著者自身が選ぶ、少年を描いた六つの傑作短編。

重松清著 **まゆみのマーチ**
—自選短編集・女子編—

ある出来事をきっかけに登校できなくなったまゆみ。そのとき母は——。著者自らが選ぶ、少女の心を繊細に切り取る六つの傑作短編。

重松清著 **ロング・ロング・アゴー**

いつか、もう一度会えるよね——初恋の相手、忘れられない幼なじみ、子どもの頃の自分。再会という小さな奇跡を描く六つの物語。

重松清著 **星のかけら**

六年生のユウキは不思議なお守り「星のかけら」を探しにいった夜、ある女の子に出会う。命について考え、成長していく少年の物語。

重松清著 **ポニーテール**

親の再婚で姉妹になった四年生のフミと六年生のマキ。そして二人を見守る父と母。家族のはじまりの日々を見つめる優しい物語。

新潮社ストーリーセラー編集部編 **Story Seller**

日本のエンターテインメント界を代表する7人が、中編小説で競演！これぞ小説のドリームチーム。新規開拓の入門書としても最適。

新潮社ストーリーセラー編集部編 **Story Seller 2**

日本を代表する7人が豪華競演。読み応え満点の作品が集結しました。物語との特別な出会いがあなたを待っています。好評第2弾。

村上春樹著
世界の終りとハードボイルド・ワンダーランド
谷崎潤一郎賞受賞（上・下）

老博士が〈私〉の意識の核に組み込んだ、ある思考回路。そこに隠された秘密を巡って同時進行する、幻想世界と冒険活劇の二つの物語。

村上春樹著
ねじまき鳥クロニクル
読売文学賞受賞（1〜3）

'84年の世田谷の路地裏から'38年の満州蒙古国境、駅前のクリーニング店から意識の井戸の底まで、探索の年代記は開始される。

村上春樹著
神の子どもたちはみな踊る

一九九五年一月、地震はすべてを壊滅させた。そして二月、人々の内なる廃墟が静かに共振する——。深い闇の中に光を放つ六つの物語。

村上春樹著
海辺のカフカ
（上・下）

田村カフカは15歳の日に家出した。姉と並んだ写真を持って。世界でいちばんタフな少年になるために。ベストセラー、待望の文庫化。

村上春樹著
東京奇譚集

奇譚＝それはありそうにない、でも真実の物語。都会の片隅で人々が迷い込んだ、偶然と驚きにみちた5つの不思議な世界！

村上春樹著
1Q84
—BOOK1〈4月−6月〉前編・後編—
毎日出版文化賞受賞

不思議な月が浮かび、リトル・ピープルが棲《す》む1Q84年の世界……深い謎を孕《はら》みながら、青豆と天吾の壮大な物語《ストーリー》が始まる。

上橋菜穂子著
狐笛のかなた
野間児童文芸賞受賞

不思議な力を持つ少女・小夜と、霊狐・野火。森陰屋敷に閉じ込められた少年・小春丸をめぐり、孤独で健気な二人の愛が燃え上がる。

上橋菜穂子著
精霊の守り人
野間児童文芸新人賞受賞
産経児童出版文化賞受賞

精霊に卵を産み付けられた皇子チャグム。女用心棒バルサは、体を張って皇子を守る。数多くの受賞歴を誇る、痛快で新しい冒険物語。

上橋菜穂子著
闇の守り人
日本児童文学者協会賞・
路傍の石文学賞受賞

25年ぶりに生まれ故郷に戻った女用心棒バルサを、闇の底で迎えたものとは。壮大なスケールで語られる魂の物語。シリーズ第2弾。

上橋菜穂子著
夢の守り人
路傍の石文学賞・
巌谷小波文芸賞受賞

女用心棒バルサは、人鬼と化したタンダの魂を取り戻そうと命を懸ける。そして今明かされる、大呪術師トロガイの秘められた過去。

上橋菜穂子著
虚空の旅人

新王即位の儀に招かれ、隣国を訪れたチャグムたちを待つ陰謀。漂海民や国政を操る女たちが織り成す壮大なドラマ。シリーズ第4弾。

上橋菜穂子著
神の守り人
（上 来訪編・下 帰還編）
小学館児童出版文化賞受賞

バルサが市場で救った美少女は、〈畏ろしき神〉を招く力を持っていた。彼女は〈神の子〉か？　それとも〈災いの子〉なのか？

なきむし姫《ひめ》

新潮文庫　し－43－23

平成二十七年七月一日発行

著者　重《しげ》松《まつ》清《きよし》

発行者　佐藤隆信

発行所　株式会社新潮社

郵便番号　一六二―八七一一
東京都新宿区矢来町七一
電話　編集部(〇三)三二六六―五四四〇
　　　読者係(〇三)三二六六―五一一一
http://www.shinchosha.co.jp

価格はカバーに表示してあります。

乱丁・落丁本は、ご面倒ですが小社読者係宛ご送付ください。送料小社負担にてお取替えいたします。

印刷・株式会社精興社　製本・株式会社大進堂

ISBN978-4-10-134933-6 C0193